달고나, 예리!

달고나, 예리!

탁경은
주원규
정명섭
임지형
마윤제

특별한서재

『달고나, 예리!』는 TV에서 스포츠 경기를 보다가 떠오른 생각으로 시작되었습니다. '스포츠를 좋아하는 여자아이의 시선으로 바라보는 세상은 어떨까'라는 질문에서 출발한 것이죠. 그리고 '장편보다는 여러 명의 작가들이 참여한 앤솔러지가 어떨까' 하고 고민하게 되었습니다. 다양한 시선이 들어가면 좋겠다고 생각한 것이죠. 그런 아이디어가 짧게 정리되고 특별한서재 출판사와 미팅을 하면서 이야기는 본격적으로 굴러갑니다.

많은 분들이 오해하시는데, 책은 작가 혼자 만드는 게 아닙니다. 책의 앞 페이지나 뒤 페이지에 있는 판권지에는 책을 만들기 위해 영혼을 갈아 넣은 사람들의 이름이 나옵니다. 스포츠와 출판은 공통점이 하나 있습니다. 땀을 흘리는 만큼 정직한 결과가 나온다는 것이죠. 아무리 세상이 변하고, 바뀐다고 해도 절대로 변하지 않는 원칙입니다. 그래서 저는 책을 사랑하고, 스포츠를 좋아합니다. 『달고나, 예리!』에는 그런 작가들의 마음이 담긴 단편들이 실려 있습니다.

책 한 권으로 세상이 바뀌지는 않습니다. 하지만 책 한 권은 세상을 바꾸는 첫 걸음을 뗄 수 있게 만들어줍니다. 『달고나, 예리!』가 그 첫걸음이 되기를 바라는 마음입니다.

정명섭

차례

스키를 타고 싶어

● 탁경은 ●

탁경은

서울에서 태어나 대학에서 국문학을 전공했다. 『싸이퍼』로 제14회 사계절문학상을 수상하며 작품 활동을 시작했다. 지은 책으로 『사랑에 빠질 때 나누는 말들』 『러닝 하이』 함께 지은 책으로 『열다섯, 그럴 나이』 『앙상블』 『소녀를 위한 페미니즘』 등이 있다.

1

하늘에서 눈이 펑펑 쏟아졌다. 눈의 신이 오랜만에 나타난 나를 두 팔 벌려 환영하는 걸까. 스키장에 도착하니 적당히 쌓인 눈이 한눈에 들어왔다. 스키 부츠를 신고 아장아장 겔렌데에 나갈 때쯤엔 눈발이 잦아들 줄 알았는데 아니었다. 더 격하게 눈이 내렸다. 충분히 쌓인 눈을 내려다보며 속으로 감탄했다. 타이밍 죽인다.

인공 눈과 새로 쌓인 신설은 그 맛이 완전히 다르다. 인공 눈이 학교 급식이라면 갓 쌓인 눈은 추운 날 편의점에서 먹는 컵라면의 맛이랄까. 상급자 코스의 아찔한 경사면에 푹신푹신한 눈이 잔뜩 쌓여 있겠구나. 그 장면을 상상하자 나도 모르게 가슴이 잠깐 떨렸다.

오랜만에 신은 부츠만큼 마음이 무거웠다. 어미 닭의 뒤를 쫓는 병아리처럼 나를 쫄래쫄래 따라오는 저들의 존재 때문이었다. 그냥 안 보련다, 하는 마음으로 마스크와 고글을 써버렸다. 흠, 훨씬 낫다.

　엄마가 간절히 부탁해 스키장에 왔다. 엄마의 부탁은 간단했다. 오빠가 예전부터 스키장에 가고 싶어 했고 스키를 배우고 싶어 했다나 뭐라나. 그 말을 전하면서 엄마는 잽싸게 덧붙였다.

　"네 오빠 친구도 가고 싶어 한다더라."

　뭐야. 그럼 혹이 하나가 아니라 둘인 거잖아. 벌써부터 짜증이 올라왔다.

　"그럼 나한테 뭐 해줄 건데?"

　내 말을 엄마는 진지하게 받아쳤다.

　"휴대폰 바꿔줄까?"

　"아직 멀쩡하다니까."

　필요한 게 생기면 얘기하겠다는 말로 적당히 둘러대고 스키 장비를 꾸렸다. 곧 새 학기가 시작되니까 최신형 휴대폰이 생긴다면 좋겠지만 고장도 안 난 애를 버리자니 아깝다는 생각이 먼저 들었다.

　꽤 이른 시간인데도 스키장에는 사람이 많았다. 스키를 떠메고 눈을 꾹꾹 밟으며 걸었다. 오빠와 오빠 친구도 엉거주춤 나를 따라왔다. 그사이 스노보더들이 많아진 게 눈에 띄었다. 알

탁경은

록달록한 보드복을 입은 사람들 틈에 끼어 리프트를 기다렸다. 오랜만에 스키장에 왔는데 초보자 슬로프만 맴돌아야 하는 신세라니 한숨이 나왔지만 받아들였다. 기초적인 부분만 가르쳐주고 나서 상급자 슬로프에 은밀히 한번 갔다 와야지.

4인승 리프트에 올랐다. 가루눈이 쌓인 나뭇가지들을 내려다보며 아름답다는 생각을 하고 있는데 오빠 목소리가 들렸다.

"그거 아냐? 지구 온난화가 계속되면 30년 뒤에 표고 1,500미터 이하의 스키장은 눈 부족 사태로 다 문을 닫을 거래."

"표고가 뭔데?"

머리와 눈썹을 밝은 갈색으로 염색한 오빠 친구는 건조하게 되물었다.

"내가 그 말 했었지? 지구 온난화란 말이 잘못됐다는 거. 지구 가열이라고 해야 돼."

"지구 가열?"

"그거 아냐? 그린란드가 다 녹으면 해수면이 6미터 상승할 거래. 그렇게 되면 바닷가 인근 도시 대부분이 잠긴다. 얼마 안 남았지."

입 좀 다물어라, 쫌. 오빠는 틈만 나면 환경 파괴와 기후 위기에 대해 떠들었다. 대기 과학자가 꿈이라나? 됐고. 관심 없으니까 제발 리프트에서 내릴 때까지 조용히 좀 갔으면 좋겠다.

하차장에 도착하기 전 널찍하게 펼쳐진 슬로프를 눈에 담았다. 누구도 밟지 않은 눈 위로 뛰어드는 아이가 떠올랐다. 소복이 쌓인 눈은 닿을 수 없는 꿈같이 하얗다. 누구의 흔적도 남지 않은 눈이 아이한테 손짓을 보낸다. 어서 이리로 오라고. 한 걸음을 내디뎌 너만의 발자국을 남기라고. 그리고 이어지는 뽀드득뽀드득 경쾌한 소리. 한 발 나아가자마자 뒤를 돌아보며 자신의 발자국을 확인해보는 아이의 순진무구한 얼굴.

보겐은 아직 둘 다 무리이므로 11자로 활강하는 것부터 시작했다. 별 탈 없이 잘 따라오는 줄 알았는데 갈색이 과욕을 부렸다. 지나치게 속력을 내더니 그걸 감당하지 못해 어어어, 하다가 엎어졌다. 벌써부터 이 모양이면 보겐을 어떻게 가르치나. 속에서 열불이 났다.

사람들은 스노보드보다 스키가 훨씬 타기 쉽다고 생각한다. 브레이크를 잡는 법만 익히면 중급자 코스도 감당할 수 있다고 자신만만해한다. 하지만 내가 직접 경험해본 바에 의하면 스키는 정말 어려운 스포츠다. 다른 운동도 마찬가지겠지만 기본기가 정말 중요하고 무엇보다도 하체 힘이 받쳐줘야 한다. 그래서 처음에 배울 때 제대로 배워야 한다. 한번 나쁜 습관에 길들여지면 그걸 고치는 일이 정말 어렵기 때문이다.

엉망진창으로 활강해 내려온 둘에게 보겐 수업을 시작했다. 정식 명칭 플루크보겐은 기본자세의 꽃이다. 요즘에는 스노우플로우턴이라고 부른다. 보겐은 A자로 턴을 하며 업다운을 반복하는 자세인데 골반을 꽉 조이는 것이 키포인트다. 말로만 들으면 어려울 것 없어 보이지만, 실제로 해보면 무척 어려운 자세다.

"엉덩이랑 골반을 말아야 한다니까."

나도 모르게 자꾸 목소리가 높아졌다.

"골반을 마는 게 뭔데?"

몸소 시범을 보여줘도 오빠는 여전히 감을 잡지 못한다.

"어깨에 힘 빼고!"

"손과 손 사이는 폴의 길이!"

"등과 정강이는 평행하게!"

나는 계속 고함을 쳤지만 둘은 오작동이 난 인공 로봇처럼 뻣뻣하게 몸을 움직거릴 뿐이었다. 어차피 하루 안에 보겐을 완벽하게 가르치는 일은 불가능하다. 둘에게 일단 A자로 내려오는 연습부터 하자고 말한다.

둘도 연습이 고되었는지 리프트에 타자마자 깊은 한숨을 내쉬었다. 잠시 후 갈색은 다짜고짜 고스톱 이야기를 꺼냈다.

"애초부터 패가 잘못 걸린 판이 많다니까. 패가 완벽해도 이길 수 없는 판은 더 많고. 엿 같지. 예측할 수 없으니까. 그게 또 인생의 묘미 아니겠냐?"

헐, 웬 고스톱. 너무 올드해서 어이가 털린다. 요즘 고딩 사이에서 고스톱 게임이 유행일 리는 없고, 오빠 친구 역시 오빠만큼 특이한 캐릭터인 게 분명했다. 잠깐 갈색 쪽으로 쓱 고개를 돌리며 쏘아봤지만 고글을 쓰고 있어서 레이저 같은 내 눈빛이 전혀 안 보이는지 쉴 새 없이 떠든다.

"뻑도 진짜 재밌어. 젖힌 패가 같아서 싸는 건데 첫 뻑은 돈도 받거든. 한 번 싸면 이게 판 전체를 뒤바꿀 수 있는 변수가 돼. 싼 사람 따로, 먹는 사람 따로인 법인데 가끔 자기 뻑을 자기가 먹기도 해. 그럼 피를 두 장 받으니 판 흐름이 완전히 뒤바뀌지. 사람들은 뻑을 하면 탄식부터 하지만 무조건 세 번 싸면 끝나는 거야. 쓰리 뻑이면 끝! 이기는 거지."

쓰리 뻑이면 이긴다. 그게 대체 무슨 소리인가. 무슨 뜻인지 알고 싶지도 않은데 그 말에 불쑥 어떤 목소리가 겹쳐 피어올랐다.

'나를 이겨야 하는 거지. 결국 스키는 나 자신과의 싸움이야.'

스키스쿨에서 만난 유진 선생님은 내게 정신적 지주가 되어 주었다. 애들이 "코치님"이라고 부르면 선생님은 "그냥 선생님이라고 불러"라고 쿨하게 대답했다. 나는 아직도 선생님이 해준 말들을 전부 기억하고 있다.

'보겐을 완벽하게 해두면 카빙까지 저절로 해결된다.'

'이것보다 한 단계 위의 기술을 익힐 때 그 전 단계 기술을 완벽하게 이해할 수 있다.'

캐나다에서 스키를 배운 선생님은 최대한 빨리 패러렐로 넘

탁경은

어가는 게 좋다고 생각했다. 보통 플루크 보겐, 그다음 슈템턴, 그다음 패러렐이라는 단계를 거치는데 선생님은 틀에 박힌 티칭 코스를 못마땅해했다. 그래서 선생님은 보겐을 완벽하게 익히기도 전에 패러렐로 넘어가 기초 패러렐 단계에서 모든 자세와 기술을 가르쳤다.

"쌤, 이렇게 바로 패러렐로 가도 될까요?"

내가 걱정이 잔뜩 묻은 목소리로 물었을 때 선생님은 부드럽지만 단단한 목소리로 말했다.

"민아 넌 운동 신경이 좋아서 괜찮아. 보겐 타다가 패러렐을 익히면 힘도 덜 들고 스키가 훨씬 재미있을 거야."

선생님과 함께 쌓아 올린 탄탄한 기초 덕분이었을까. 나는 패러렐을 빨리 익혔다. 나, 스키 천재 아냐? 이대로 죽 성장해서 국가대표 콜? 커다란 꿈에 부풀어 올라 터지기 일보 직전이었다. 실력이 성장할 때의 성취감은 정말 짜릿했다.

문제는 그다음에 시작되었다. 기나긴 정체 구간이었다. 난이도가 높은 코스와 기술 앞에서 심하게 버벅거렸다. 넘어지고 구르고 엉덩방아를 찧고 피멍이 들었다. 아무리 이를 악물어도 그 정체 구간을 벗어나지 못했다. 눈물이 났고 화가 솟구쳤고 고통스러웠다. 결국 나는 스스로의 한계를 받아들였다. 스피드가 뛰어나지도, 기술이 뛰어나지도 않다는 것을. 내 그릇은 딱 거기까지였다.

폴을 짚으며 앞으로 나아갔다. 바인딩이 잘 장착되어 있는지 확인했다. 두 사람에게 A자로 내려가되 탑이 넓어지지 않게 간격을 유지하라고 말했다. 만약 턴을 해보고 싶다면 해도 괜찮지만, 최대한 슬로프를 넓게 이용하라고 조언했다. 턴을 할 때 체중을 이용하면 더 좋다는 말도 빠트리지 않았다.

둘은 고개를 끄덕끄덕하더니 아까보다 자신 있는 모습으로 출발했다. 초급자 코스에서 속력을 내봤자 별 쾌감은 없겠지만 그래도 사람들을 요리조리 피해 활강했다. 눈으로 두 사람을 번갈아 주시하면서 턴을 했다. 부드러운 턴을 할 때마다 느껴지는 기분 좋은 활력이 몸 안에 점점이 번졌다.

포기 선언을 하는 나를 선생님은 말렸다. 선수층이 두꺼워 메달 획득이 어려운 남자 선수와 달리 여자 선수는 선수층이 워낙 얇기에 조금만 물이 오르면 메달을 딸 수 있다는 말도 잊지 않았다.

"민아야, 지금은 고통스럽겠지만 이 구간을 지나면 다시 스키를 즐길 수 있어."

선생님의 진심 어린 말에 나는 그 어떤 대답도 선뜻 하지 못했다. 고통스러움이 지나쳐 스키를 좋아하는 마음까지 다칠까 봐, 고통 후에 찾아오는 즐거움만 기다리다가 스스로를 미워하게 될까 봐 두려웠다.

탁경은

스키의 세계를 떠나 원래의 세계로 돌아왔다. 학원을 다니고 공부를 하고 친구들과 시험 걱정을 하는 세계로 복귀하는 일은 너무 간단해 맥이 빠졌다. 스피드와 기술 중 어느 것 하나 뛰어나지 않았던 것처럼 이 세계에서의 나도 어정쩡하기는 마찬가지였다. 나는 공부를 잘하는 것도, 악기를 잘 다루는 것도, 그림을 잘 그리는 것도 아니었으니까. 스키의 세계에서도 그랬지만 스키 밖의 세계에서도 나는 평범하기 그지없었다.

게임 중독자가 게임을 끊듯이 나는 스키에 관련된 모든 것을 끊었다. 질릴 때까지 보던 스키 선수들의 영상을 끊었고 함께 스키를 배운 친구들이 모여 있는 단체 채팅방에서 나왔고 코치진과의 연락을 모조리 끊었다. 겉으로 보기에 나는 멀쩡했다. 적응을 완전히 끝마친 듯이 보였다. 하지만 속은 아니었다. 좀이 쑤셔 좀처럼 가만히 앉아 있지 못했고 쉬지 않고 단것을 입에 넣었다. 이유를 알 수 없는 불안함이 밀려들 때마다 다리를 방정맞게 떨어댔다.

마음 붙일 것이 필요했다. 영화를 닥치는 대로 보거나 짝꿍이 목을 매는 아이돌을 좋아해보려고 애썼다. 연애를 하면 나아질까 싶어 소개팅에도 나갔다. 하지만 마음 둘 곳은 어디에도 없었다. 무엇을 해도 나는 살아 있다는 실감을 느끼지 못했다.

"우린 배고픈데."

리프트 입구 근처에서 만난 오빠와 갈색의 허리가 구부정했다. 충분히 지쳐 보였다.

"그럼 밥 먹으러 가."

"너는?"

"난 이따 먹을게."

나는 상급자 코스 방향의 리프트로 향했다. 배가 고프지 않은 것은 아니었다. 그렇지만 한 번이라도 좋으니 제대로 스키를 즐기고 가야 덜 억울할 것 같았다.

2인승 리프트에 올라타니 눈이 더 많이 내리기 시작했다. 뿌옇게 앞이 안 보일 정도였다. 세상에서 가장 변덕스러운 것이 눈의 신이었다.

아래를 흘끔거렸다. 실력을 발휘하면서 넓게 활주를 펼치는 스키어와 스노보더가 눈에 들어왔다. 중급자 코스에서 대각선을 그리며 낙엽을 타는 스노보더 옆으로 기술을 구사하는 사람들이 눈에 확 띄었다. 그라운드 트릭을 구사하며 폴짝폴짝 뛰어오르는 스노보더에게서 시선을 옮겨 점프대를 사용해 원 메이크를 보란 듯이 성공하는 스노보더를 바라봤다.

상급자 코스가 눈에 들어왔다. 훈련 중인 국가대표 선수들이 보였다. 알파인 스키 대표 선수들의 눈부신 턴과 무지막지한 속력에 감탄이 절로 튀어나왔다. 묘기에 가까운 그들의 동작을 정신없이 보고 있는데 불현듯 송곳으로 가슴을 찌르는 듯한 통증

탁경은

이 와락 달려들었다.

만약 내가 그때 스키를 포기하지 않았다면 저들과 함께 스키를 타고 있었을까. 태극 마크가 달린 스키복을 입고 화려한 카빙턴을 슥슥 해내는 내 모습이 눈앞에 잠깐 어른거리다가 사라졌다. 헛된 망령을 쫓아내려는 사람처럼 나는 고개를 홰홰 내저었다. 그 순간 섬뜩한 목소리가 들렸다.

'넌 해보지도 않고 도망친 거야.'

누구의 것인지 알 수 없는 목소리였다. 내 것이었을까? 유진 선생님의 것이었을까? 아니면 내가 좋아하는 선수 에스터 레데츠카의 것이었을까?

아마추어 시즌 대회에 나갔지만 입상조차 하지 못했다. 큰 충격을 받았다. 대회를 위해 깨끗하게 정비된 슬로프를 보는 순간 의지와 달리 몸이 뻣뻣하게 굳었다. 보란 듯이 잘 타야 한다는 욕심과 과도한 긴장감이 몸을 친친 옭아맸다. 촘촘한 기문 사이를 빨리 통과해야 하는 알파인 회전 경기에서 나는 로봇처럼 스키를 탔다. 당연히 결과는 형편없었다.

스키를 꽤 타는 편이었지만 좀 애매했다. 지레짐작해보면 몇 년 더 탄다 해도 국가대표는커녕 국가대표 후보가 될 가능성조차 제로였을 것이다. 하다못해 신인들을 위한 스키 대회에 입상할 가능성도 별로 없어 보였다. 실력은 어중간한데 돈은 정말 많이 들었다. 겁이 덜컥 날 정도였다. 엄마가 직접 말하지 않아도 집안의 경제 사정이 어떤지는 대강 알고 있었다. 스키를 그만두겠다는 나를 엄마는 말리지 않았다. 엄마가 말렸더라도 달라지는 건 없었겠지만.

국가대표 선수들이 훈련하는 슬로프를 피해 리프트에서 내렸다. 아찔한 각도의 경사면을 내려다보며 입술을 지그시 깨물었다. 가슴이 쿵쾅거렸다. 얌전히 압설된 코스를 내려가기 시작했다. 셔벗 같은 인공 눈과 차원이 다른 눈 상태가 몸으로 시시각각 전달되었다.

"먼 곳을 보라고! 전방 시선 주시!"

엣지를 풀어주면서 스키 플레이트가 눈에 날카로운 선을 긋는 소리 뒤로 유진 선생님의 목소리가 울렸다.

"기다려. 더 기다려. 박자 맞춰. 엎은 기다리는 시간이라고 했지."

발 전체에 힘을 가했다. 부츠 안의 발 근육을 자유자재로 수축했다가 풀어줄 줄 알아야 좋은 스키어가 될 수 있다는 말도 유진 선생님이 해준 말이었다.

"앵귤레이션, 인클리네이션. 워워, 몸턴은 안 된다고 했지? 턴 후반에 또 내향이 되어버렸잖아."

슬로프를 다 내려오자 다리가 후들거리고 입에 침이 마르고 허벅지가 뻣뻣했다. 오랜만의 활강에 몸 전체가 긴장했던 모양이다. 입에서 가쁜 숨이 뿜어져 나왔다.

탁경은

리프트 입구에서 오빠를 다시 만났다. 포식을 했는지 오빠와 갈색은 입맛을 쩍쩍 다시며 나타났다. 그 모습을 보니 허기가 싹 사라졌다.

점점 더 많은 눈이 내렸다. 시야가 흐릿했다. 아이를 동반한 가족들은 서둘러 스키장을 빠져나가고 있었다. 종일권을 산 우리는 이대로 물러설 수 없었다. 마지막으로 보겐의 기본자세를 가르쳐주겠다고 말했다. 내가 먼저 시범을 보였고 오빠와 갈색이 나를 따라 했다. 스쿼트 자세를 유지하면서 허벅지와 골반에 계속 힘을 주라고 당부했지만, 오빠는 얼굴을 잔뜩 찌푸렸다.

"참아."

결국 오빠는 몇십 초를 견디지 못하고 바닥에 퍼질러 앉았다. 내 입에서 날 선 목소리가 튀어나왔다.

"조금도 못 참을 거면서 스키는 왜 배우겠다고 난리야?"

참았던 짜증이 일시에 터져 나왔다. 주저앉은 오빠를 한심한 눈빛으로 내려다봤다.

"왜? 재능 없는 사람은 배우는 것도 못 하나?"

"그래. 재능 없는 사람이 배워서 뭐 하게?"

오빠는 한참 나를 노려보았다.

"그래서 도망쳤나?"

"뭐?"

"스키에 재능 없는 거 탄로 날까 봐 그만둬버린 거잖아. 돈 많이 든다는 핑계 뒤에 숨어서. 아니야?"

이게 진짜. 눈앞이 번쩍했다. 머릿속 퓨즈 하나가 뚝 끊어졌다. 저벅저벅 걸어가 오빠에게 달려들었다. 두 손으로 오빠의 멱살을 틀어쥐자 오빠도 지지 않고 내 어깨를 다부지게 잡아챘다. 누구한테도 뒤지지 않는 악력이었지만 점심을 거른 게 안 좋았다. 오빠의 힘에 밀려 바닥에 깔린 것도 잠시, 이를 악물면서 위치를 바꿔 오빠를 깔고 앉았다. 그러기를 또 잠시, 오빠가 내 몸을 눌렀고 그렇게 우리는 눈밭을 데굴데굴 굴러다녔다. 입에서 하얀 입김이 쉴 새 없이 뿜어져 나왔다.

사람들은 쉽게 말했다. 지는 것에 익숙해져야 한다고. 이기는 것만큼 지는 것이 중요하다고. 듣자마자 무슨 개소리인가 싶었다. 아무리 반복하고 또 반복해도 지는 것에는 익숙해지지 않는다. 지기 위해 경기에 임하는 선수는 단 한 명도 없다. 강도 높은 훈련을 참고 견뎠는데 지는 것도 괜찮다고? 결과가 아닌 과정에서 행복을 느끼라고? 전부 웃기는 소리다.

나는 지고 싶지 않았다. 보란 듯이 잘 해내고 싶었다. 그럴 수 없다면 애초에 그만두는 것이 현명한 결정이라고 믿었다.

탁경은

2

무지막지하게 방문을 두드리는 소리에 눈을 번쩍 떴다. 졸음을 떨치지 못하고 눈을 비비며 시간을 확인하는데 오빠가 방문을 다급히 두드렸다. 저 속 없는 인간은 눈밭을 구르며 싸운 지 하루도 지나지 않았는데 속에 맺힌 것도 없는 모양이다.

"공민아, 들어간다."

문이 벌컥 열렸다. 방학이면 늦잠이나 잘 것이지 저 인간은 쓸데없이 아침잠이 없다.

"대박, 완전 대박!"

"아, 나가시지."

"꽁미, 내가 분명히 그랬지. 이대로 환경을 방치하면 자연이 복수를 할 거라고."

와, 욕 나온다. 아침부터 남의 잠을 깨운 저 파렴치한이 또 지구 가열 어쩌고를 읊고 자빠졌나 보다. 베개를 정확히 겨냥해 확 던지는데도 웬수는 나갈 생각이 전혀 없다.

"꽁미 너, 놀라 기절할 준비 해라."

"뭔 소리야?"

"눈이 내 키만큼 쌓였다니까. 아니다. 농구 선수 키보다 더 쌓였다."

대체 이 얼빠진 영혼이 무슨 말을 지껄이고 있는지 도통 이해

스키를 타고 싶어

가 안 된다. 나는 얼굴을 확 찌푸리며 이불을 밀쳐냈다.

"오빠 너 헛소리한 거면 가만 안 둬, 진짜."

그런 말을 구시렁대고는 창밖을 바라보았다. 어라? 이게 대체 뭐지? 두 눈을 부릅뜨며 창문을 열어젖혔다.

세상이 온통 하였다. 정말 새하얗게 변해 있었다. 눈이 얼마나 많이 온 건지 감이 잡히지 않았다. 차도, 사람도, 횡단보도도, 상점들의 간판도 보이지 않았다. 가로등이 간신히 머리 부분만 드러내고 있었다. 농구 선수 키보다 더 많이 쌓였다는 말은 거짓이 아니었다.

"어휴, 왜 전화를 안 받을까."

방문 밖으로 발을 동동 구르는 엄마 모습이 언뜻 보였다. 오빠와 나는 눈을 슥 마주치다가 거실로 나갔다. 엄마가 창밖을 멍하니 바라보면서 휴대폰을 손에서 놓지 못하고 있었다.

"엄마, 왜 그래?"

"할머니가 전화를 안 받아서."

오빠와 나는 휘둥그레진 눈으로 시선을 주고받았다. 아파트에 사는 우리와 달리 할머니는 주택에 살았다. 만약 할머니가 사는 곳에도 이렇게 눈이 많이 내렸다면? 1층에 사는 할머니는 높이 쌓인 눈 때문에 밖으로 못 나올 텐데? 그 말은 할머니가 완전히 혼자 고립되었다는 소리인데?

"경찰에 신고해."

탁경은

오빠가 말했다. 나는 번개처럼 움직였다. 베란다 창고에서 스키 플레이트, 폴, 헬멧을 꺼냈다. 스노슈도 챙겼다. 바닥에 톱날이 있어 겨울 산행 때 신는 스노슈는 지금 가장 필요한 장비 중 하나였다. 방에서 휴대폰, 고글, 미니 눈삽을 찾아 하나씩 침대 위에 던졌다. 옷장에서 꺼낸 배낭에 생수병, 초콜릿과 견과류를 비롯한 비상식량과 압박붕대, 진통제 등 비상약을 챙겼다.

내 머릿속을 헤맨 사고의 흐름은 간단했다. 할머니가 고립되어 있다. 할머니처럼 고립된 사람이 한두 명이 아닐 테니 경찰에 신고 전화가 폭발할 것이다. 그런데 경찰이라고 뾰족한 수가 있는 건 아닐 거다. 경찰서에 스키 장비나 스노슈가 갖춰졌을 리도 만무하고 무엇보다도 대부분의 경찰서는 1층에 있지 않나. 그러므로 할머니를 도와줄 수 있는 사람은 나밖에 없다.

어리둥절한 눈으로 내 행동을 좇던 엄마가 물었다.

"민아야, 너 지금 뭐 해?"

"할머니한테 갈 거야."

배낭에 장비들을 꾹꾹 눌러 담았다.

"뭐?"

"꽁미, 드디어 돌았구나."

나는 스키복을 차근히 입으며 엄마와 오빠 말을 무시했다.

"애가 정말. 미쳤나 봐. 네가 가서 뭐 하게?"

엄마가 말했다.

"할머니 집에 도착하기 전에 조난될 확률 200퍼센트."

오빠가 비아냥거렸다.

오빠 말도 일리가 있다. 나는 이렇게 많은 눈을 직접 겪어본 적이 없을뿐더러 스키를 탈 줄 아는 것과 완전히 눈으로 뒤덮인 길을 나아가는 것은 차원이 다른 일이다. 여기에서 할머니 집까지는 12킬로미터. 가다가 중간에 푹 꺼지는 지대나 많이 쌓였던 눈이 갑자기 무너지는 설붕을 만날 수도 있다. 압설이 되지 않은 눈 위를 걷는 일은 위험천만한 일이다. 다리나 팔이 부러질 수도 있다.

그러거나 말거나 내 결심은 확고했다. 부지런하고 손도 야무진 할머니는 외로움을 많이 타고 겁이 많았다. 혼자 있는 것을 죽기보다 싫어해서 아침에 눈을 뜨면 집 밖으로 튀어 나가 동네 친구들을 전부 만나야 직성이 풀리는 할머니. 혼자 밥 먹는 걸 싫어해 친구를 초대하거나 자신이 친구 집에 가서 끼니를 해결하는 할머니. 그런 할머니가 지금 혼자 고립되어 있다. 갑자기 쏟아진 폭설 탓인지 전화도 안 된다.

잠시도 가만히 있을 수 없다는 듯 서둘러 준비를 마쳤다. 폴을 한 손으로 들고 스키를 다른 손에 든 채 현관에 서자 엄마는 내 등을 세게 후려쳤다.

"너 정말 왜 이래. 엄마 죽는 꼴 보고 싶어?"

엄마의 대사가 조금 올드하다고 생각했다. 하지만 일일 드라마 속 주인공이 된 듯 흔해 빠진 대사를 입에 달고 살아도 엄마는 엄마다. 그리고 엄마가 나를 얼마나 사랑하는지 나는 알고 있다. 엄마가 할머니를 얼마나 사랑하는지도 잘 알고 있다.

"힘들면 돌아올게. 무슨 일 있으면 전화할게."

거짓말이었다. 나는 할머니 집에 도착할 때까지 무슨 일이 있어도 포기하지 않을 생각이었다.

"무슨 일 나면 전화해. 상현이랑 너 구하러 갈게."

오빠도 거짓말을 한다. 오빠는 지난번에 스키장에 다녀온 이후로 스키도 눈도 꼴도 보기 싫다고 했으니까. 그런데 상현이가 누구지? 아, 고스톱 이야기에 열을 올린 갈색 이름이 상현인가 보다.

비장한 각오를 다지는 전사처럼 멋지게 현관을 나오고 싶었는데 웬걸. 엄마는 내 팔을 잡아당기고 나는 현관문 손잡이를 꽉 틀어쥔 채로 한참 실랑이를 했다. 내 고집을 꺾을 수 없단 걸 깨닫고 엄마는 손을 홱 놓았고 나는 현관문에 꽈당 부딪혔다. 엄마는 끝까지 나를 쏘아보며 남은 욕을 한바탕 퍼부었다.

엄마 손에서 겨우 벗어나자마자 달렸다. 계단을 뛰다시피 내려가 2층에서 멈췄다. 창문 문턱에 앉아 스키 부츠를 신었다. 헬멧과 고글도 잊지 않았다. 방금까지 신었던 운동화를 복도에 홱 던지고는 창문에서 뛰어내렸다.

처음부터 약간의 경사면이었다. 사이드 슬립으로 조심조심

내려갔다. 사이드 슬립은 스키 데크를 경사면의 수직으로 세워 옆으로 슬금슬금 내려가는 걸 말한다.

극기 훈련이 본격적으로 시작되었다. 나는 노르딕 선수처럼 앞으로 나아갔다. 한 걸음, 그리고 다음 걸음. 느린 거북이가 따로 없었다. 폴을 이용해보려고 힘껏 설면에 꽂았더니 웬걸. 폴이 깊이 쌓인 눈 안으로 쑥 들어갔다. 눈에 파묻혀 몸통이 반 이상 사라져버린 폴을 보며 이러려고 내가 폴을 가져왔나 후회막급이었지만 일단은 버리지 않았다. 나중에 어떤 쓸모가 있을지 모르는 일이니까.

사방 천지가 눈, 눈, 정말 온통 눈뿐이었다. 눈의 신이 냉기 어린 미소를 지으며 나를 내려다보고 있는 듯했다. 얘야, 감히 어디를 기어 나오니? 차가운 말투로 이런 말을 내뱉고 있는 것 같았다.

간판이 사라져 어디가 어디인지 구분조차 되지 않았다. 방향을 잃을 때마다 휴대폰 지도앱을 켜서 위치를 확인했다. 그나마 위안이 되어준 것은 초록색 도로 표지판이었다. 표지판이 있는 곳 아래는 도로라는 소리이니, 적어도 매몰될 확률이 낮지 않을까 안심이 되었다. 물론 그것에 관련된 과학적 근거는 전혀 없었다.

가장 걱정되는 것은 역시 설붕이었다. 지금의 나에게 딛고 선 바닥이 와르르 무너져버리는 일보다 더 공포스러운 일은 없다.

예전에 산악 영화에서 그런 장면을 본 적이 있다. 작은 설붕에 휩쓸리거나 균형을 잃고 심설(深雪)에 빠져 매몰된 사람이 버둥대는 장면. 그렇게 매몰된 상태에 있다가 자칫하면 질식사할 수 있다는 말을 들었던 것도 같다.

세상이 고요했다. 거친 내 숨소리만 귓가를 가득 채웠다. 몇 미터 나아가는 일이 이토록 힘들다니. 이 속도로 대체 12킬로미터를 언제 가지? 이럴 줄 알았으면 노르딕 선수를 목표로 훈련을 하는 건데. 하체 운동을 더 빡세게 해야 했던 건데. 지금 상황에 전혀 도움이 되지 않는 후회와 엉뚱한 생각이 머릿속에 잡다하게 떠올랐다.

노래를 부르자. 예로부터 노동하는 사람들이 노래를 부른 것은 아주 효율적이고 똑똑한 일이었다고 말해준 사람은 사회 선생님이었을 거다.

"하나면 하나지 둘이겠느냐. 둘이면 둘이지 셋이겠느냐."

입에서 하얀 입김이 뿜어져 나왔다. 노래를 부르니 발에 힘이 빡 들어갔다.

이 노래를 알려준 사람은 할머니다. 오빠와 내가 어렸을 때 아빠와 이혼한 엄마는 방학 때마다 우리를 외할머니 집에 통째로 맡겼다. 엄마로서는 어쩔 수 없는 선택이었겠지만 오빠와 나로서는 최고의 선택이었다. 우리는 외할머니를 좋아했다. 할머니 손에서는 맛있는 음식이 끊임없이 나왔다. 요리 솜씨가 형편

없는 엄마와 정반대였다. 음식들을 넙죽 받아먹은 덕에 우리는 할머니 집에만 갔다 오면 살이 포동포동하게 올랐다.

요리를 할 때 할머니는 콧노래를 부르곤 했다. 할머니가 이 노래를 불렀을 때가 생생히 떠오른다. 지금처럼 한파가 매서웠던 겨울이었고 할머니는 적당히 익은 김치를 송송 썰어 김치부침개를 하고 있었다. 할머니가 "하나면 하나지~"라고 노래를 시작해 내가 뽀르르 달려가 물었다.

"할머니, 그 노래 뭐야?"

"아, 그 뭐더라. 〈영심이〉인가? 그 만화에 나온 노래였어."

"영심이? 처음 들어."

"너희 막내 이모가 그 만화를 엄청 좋아했거든. 그 만화에 나오는 노래를 하두 불러싸서 할미 입에도 붙어버렸네."

"나도 가르쳐줘."

"그럴까?"

지금은 대학에서 교직원으로 일한다는 셋째 이모가 어렸을 때 매일 불러 젖혀 할머니도 외워버렸다는 그 노래의 가사는 참으로 철학적이었다. 하나면 하나지 둘은 아니니까. 둘이면 둘이지 셋은 아니니까. 그런 식으로 노래는 계속된다. 다섯이면 다섯이지 여섯 아니야. 랄랄랄랄 랄랄라라 랄랄라.

목이 탔다. 잠깐 멈춰 서서 배낭에서 생수병을 꺼냈다. 바깥 온도 덕에 물은 여전히 차가웠다. 추위에 아랑곳하지 않고 차가

탁경은

운 물을 벌컥벌컥 마셨다. 생수병을 다시 넣고 폴을 다부지게 말아 쥐었다. 다시 시작. 스키 탑을 앞으로 내밀면서 조심스럽게 발을 뗐다. 압설이 되지 않은 눈이라 앞으로 나아가는 일 자체가 위태로웠다. 언제 몸이 푹 빠지거나 고꾸라질지 알 수 없었다. 그렇지만 머물러 있을 수는 없었다. 할머니는 어두컴컴한 집에서 홀로 무서움과 싸우고 있을 테니까.

처음 스키를 배웠을 때 얼마나 좋았는지 모른다. 긴 슬로프를 눈 깜짝할 사이에 미끄러져 내려오는 그 쾌감은 진심으로 대단했다. 너무 신났다. 밥 먹는 시간도, 화장실 가는 시간도, 잠자는 시간도 아까웠다. 추위도 몰랐고 시간이 몇 시인지도 몰랐고 내가 누구인지도 몰랐다. 알고 싶지도 않았다. 그렇게 겨울 방학마다 스키장에서 살다시피 했다.

스키 선수가 되고 싶다고 하자 스포츠 기자로 일하는 둘째 이모가 나를 은밀히 만나고 싶다고 했다.

"민아 너만 와. 오빠는 빼고."

맛있는 걸로 몸보신을 시켜주려나 보다. 운동선수들이 꼭 먹어야 하는 징그러운 보양식—잉어를 곤 국이나 뱀탕이나 개구리 뒷다리—같은 걸 사주면 어쩌나. 나는 걱정이 이만저만이 아니었다. 그런데 웬걸. 이모는 핫초코를 사줬다. 뭐, 핫초코만 먹어도 불끈 힘이 솟는 나이이기는 하니까. 오빠는 이 맛있는 핫초코를 못 먹는다고 생각하니 꼬방서서 쾌재를 부르고 있는데 이모는 이야기 하나를 들려줬다.

이모가 취재차 국가대표 선수들이 새벽 훈련을 하는 걸 참관한 적이 있었는데 정말 놀랐다는 거다. 선수들이 얼마나 치열하게 훈련을 하는지 한겨울이었는데도 선수들의 머리카락은 땀에 흠뻑 젖고 선수들 몸에서 뜨거운 증기가 피어올랐다고 했다. 말 그대로 모락모락 말이다.

"훈련을 마무리하고 아침을 먹으러 갔는데 다들 밥도 제대로 못 먹더라고."

"왜? 너무 힘들어서?"

"그렇대. 심하게 훈련을 하면 원래 밥도 잘 못 먹는대."

그렇구나. 다들 힘들게 살아가고 있구나. 그런데 불쑥 이런 질문이 둥둥 떠올랐다. 이모는 왜 이런 이야기를 나한테 하는 거지? 내가 스키 선수가 되려면 얼마나 고생을 해야 하는지 미리 알려주려고? 그렇게 고생길이 훤한 길을 내가 걷지 않았으면 하는 일가친척들의 마음을 대표로 전달하려고?

언덕이 나타났다. 평지까지는 어찌어찌해보겠는데 오르막은 정말 난코스다. 나는 어금니를 꽉 깨물며 어깨에 매달린 배낭을 한번 추슬렀다. 지금까지 걸어온 속도도 더뎠는데 언덕을 오르는 일은 얼마나 시간이 걸릴는지. 5배속으로 화면을 느리게 재생하는 심정으로 언덕을 오르기 시작한다.

낑낑대며 앞으로 나아갔다. 온몸으로 눈과 한판 싸움을 벌이

　　　　　　　　　　　　　　　　　　　탁경은

는 기분이었다. 폴의 힘이라도 빌려야 했다. 폴을 푹 꽂고 힘껏 몸을 당기면서 한 걸음 오르고, 그다음 걸음을 간신히 내디디고 폴을 다시 꽂고……. 고장 난 로봇처럼 같은 동작을 무한 반복했다. 이때 한 가지 예상하지 못한 일이 발생했다. 푹 꽂아둔 폴을 뽑는 일에 엄청난 힘이 필요하다는 사실. 직접 겪어보기 전까지는 한 치 앞도 모르는 일투성이었다.

아주 조금씩 언덕을 올랐다. 언덕을 오르는 일이 가장 힘들거라고 예상은 했지만 이 정도로 빡셀 줄은 몰랐다. 헛구역질이 나고 신물이 올라왔다. 그때 둘째 이모가 이야기해준 새벽 훈련 현장은 이보다 더 힘겨웠을까. 이모는 하나밖에 없는 여자 조카인 내가 덜 힘들게 살았으면 해서 그 이야기를 꺼낸 건지도 모르겠다. 정작 자기는 스포츠 기자로 자리 잡기까지 여자라는 이유로 별별 일을 다 겪었으면서.

힘겨운 일을 견딘다. 왜냐하면 이제 곧 내리막길이 나올 테니까. 온몸을 쥐어짤 만큼 고통스러운 순간을 견디게 해주는 건 곧 내리막길이 나타날 거란 사실뿐이다. 다 왔다. 야트막한 정상에서 나 홀로 만세를 외쳤다. 만세! 대한독립……? 아니아니, 어찌어찌 여기까지 온 공민아 만세!

내리막길을 순식간에 내려간다. 고생을 몇 배로 해서 그런지 활강의 맛이 꿀맛 같다. 아까까지만 해도 징글맞게 느껴졌던 눈이 천국의 천사들로 보인다. 활강의 쾌감에 푹 빠져 지냈던 시절이 새록새록 떠오른다. 그때 나는 스키만 탈 수 있다면, 하얗게 눈으로 덮인 설면을 쌩쌩 달려 내려올 수 있다면 뭐든 견딜 수 있었는데.

썰매 생각이 번뜩 났다. 눈이 왕창 쌓이면 할머니 집 바로 뒤에 있는 언덕에 올라가 지칠 때까지 썰매를 탔다. 할머니 집에는 다양한 썰매 도구들이 즐비했다. 그중 오빠와 내가 가장 좋아한 도구는 단연 쌀 포대였다. 적절히 다져진 눈 위를 쌀 포대를 타고 미끄러지면 무시무시한 속도가 났다. 꺄오~ 아무리 비명을 질러도 누구 하나 뭐라 하는 사람이 없었다. 그렇게 놀다 보면 동네 아이들이 하나둘 모습을 드러냈다. 우리는 누가 시키지 않았는데도 질서정연하게 차례를 지켰다.

어쩌면 내가 스키를 좋아하게 된 건 썰매 때문인지도 모른다. 썰매를 탈 때 내 몸속 유전자는 알아버렸다. 스피드의 짜릿함과 찬바람을 가로지르는 쾌감을. 꼬맹이 시절부터 나는 스피드광이었던 거다.

다시 평지가 나타났다. 나도 모르게 안도의 한숨이 새어 나왔다. 고글을 올린 후 휴대폰을 꺼내 할머니한테 전화를 걸었다. 할머니는 여전히 전화를 받지 않았다. 무슨 일이 생긴 건 아니겠지. 나는 입술을 잘근잘근 씹다가 고글을 내렸다. 부지런히 나아가야 한다. 지체할 시간이 없었다. 폴을 들고 허덕허덕 눈길을 헤쳐나간다.

탁경은

몸이 묵묵히 나아가는 동안 머릿속으로 별별 생각이 지나간다. 갑자기 왜 이렇게 많은 눈이 내린 건가. 평소에 오빠가 지껄이는 기후 위기 따위의 말들을 싹 무시했는데 정말 지구의 복수가 시작된 건가. 만약 이 어마어마한 폭설이 오빠가 이야기했던 지구 온난화인가 지구 가열인가 하는 것 때문이라면 그걸 막기 위해서 나는 무엇을 해야 하는 거지?

드넓게 펼쳐진 눈을 휘 둘러보았다. 눈의 신이 완전히 장악한 땅이 새하얗게 질린 얼굴로 나를 노려보고 있었다. 당분간 누구의 발자국도 남지 않겠지. 누구도 감히 눈의 신을 상대할 수 없겠지. 자연의 막강한 힘이 온몸으로 느껴졌다. 누구의 발길도 닿지 않은, 하얗고 깨끗한 눈이 무섭게 느껴지는 건 처음이었다.

남은 거리를 확인하고 한 걸음 내딛는데 몸이 휘청거렸다. 발밑이 흔들렸다. 그러고는 곧바로 푹 고꾸라졌다. 뭔가 빠지직하는 소리가 들리더니 좀 더 아래로 추락했다. 머리부터 거꾸로 눈 속에 처박혔다. 눈구덩이에서 빠져나오려고 몸을 바둥바둥했다. 버둥거리면 버둥거릴수록 몸은 더 깊이 눈에 빠져들어 꼼짝할 수 없었다.

모든 것을 체념하고 몸부림을 멈췄다. 말 그대로 눈밭에 파묻힌 채 헐떡이는 숨을 가라앉히려 애썼다. 온몸에서 땀이 흘렀고 내 몸에서 뿜어져 나온 열기로 뿌옇게 흐려진 고글을 이마 위로 올렸다. 팔자 좋은 사람처럼 드러누워 새파란 하늘을 올려다봤다. 눈도, 스키도 다 지긋지긋했다. 그렇지만 눈도, 스키도 밉지는 않았다. 분명 내 머릿속에 떠오른 문장들인데 연결성도 맥락도 없었다. 내가 봐도 대체 무슨 말인지 모르겠다.

질끈 눈을 감았다. 에스터 레데츠카가 평창 동계 올림픽 슈퍼대회전에서 금메달을 따던 영상이 재생된다. 그날 에스터 레데츠카는 낮은 자세로 중심 이동을 하면서 무척 공격적으로 스키를 탔다. 다른 선수들과 다르게 일직선상으로 라인을 탔는데 그게 먹혀들었다. 아무도 그의 우승을 예상하지 못했다. 심지어 에스터 레데츠카 본인조차도 그랬다.

아주 어릴 때부터 스키와 스노보더를 탔던 그는 열 살 무렵 코치로부터 스키와 스노보더 중 하나를 선택하라는 말을 들었다. 하나를 선택해서 집중해야 우승 가능성이 높다는 조언이었다. 그는 그 말을 의심했다. 스키와 스노보더 두 가지를 모두 잘해낼 자신이 있었다.

"더 중요한 건 내가 사랑하는 모든 종목을 즐기고 기쁨을 찾는 거죠. 내가 하고 싶은 걸 한다. 그게 제 모토입니다."

그는 몸소 그걸 증명해냈다. 평창 올림픽 알파인스키 슈퍼대회전과 스노보드 평행대회전 두 종목에서 모두 우승했다. 동계 올림픽 사상 처음 있는 일이었다.

스키가 좋았다. 그런데 제대로 실력을 갖추기 전에 재능이 없

탁경은

는지 있는지부터 따졌다. 이걸로 밥을 벌어먹고 살 수 있는지부터 생각했다. 국가대표가 될 수 있느냐 없느냐부터 생각했다. 국가대표 혹은 국가대표 후보군이 될 수 없다면 아무리 스키를 좋아하고 잘 타도 아무 소용도 없는 거라고 확신했다. 공부로 따지면 아직 2차 방정식을 배우고 있는데 명문대 수학과를 갈 수 있느냐 없느냐부터 계산한 셈이었다.

더는 몸을 움직일 수 없었다. 눈 속에 푹 파묻힌 잠자는 숲속의 공주가 된 기분이었다. 눈의 신이 내 몸을 포근히 감싸 안아주는 듯했다. 안락하고 따뜻했다. 가빴던 숨이 점차 차분해졌다. 노곤했던 몸에서 긴장이 스르륵 빠져나가자 졸음이 밀려들었다. 이대로 깊은 잠에 빠질 수 있을 것 같다.

"우리 민아 최고구나, 최고야."

할머니 목소리에 눈을 부릅떴다. 딱 한 번 할머니가 엄마와 함께 나를 보러 스키장에 온 날이었다. 슬로프를 내려오자마자 할머니를 발견했다. 리프트 입구 근처에 서 있는 할머니 앞까지 스킹을 했다. 나를 보고 할머니가 두 팔을 벌렸다. 나는 그대로 할머니 품에 안겼고 할머니가 내 귀에 소곤거렸었지.

영차, 힘을 주며 상체를 일으키려는 순간 몸이 푹 꺼졌다. 그래도 다시 일어서려고 애쓴다. 덫에 걸린 짐승처럼 몸이 버둥거릴 뿐이지만 포기하지 않는다. 이대로 물러설 수는 없다. 이곳에서 한도 끝도 없이 시간을 지체할 수 없다.

그제야 눈삽 생각이 났다. 배낭에서 눈삽을 꺼내 내 주변을 감싼 눈덩이들을 파냈다. 파낸 눈을 주변에 차곡차곡 쌓아 계단을 만들었다. 어렸을 때 오빠와 눈사람을 만들었던 기억이 스쳐 지나갔다. 눈을 단단히 쌓아 계단을 만들어 위로 올라갈 생각이 었다.

몸을 움직이니 다시 땀이 나기 시작했다. 헉헉거리며 숨을 내뿜는데 쉴 새 없이 떠들던 갈색의 목소리가 점차 되살아난다. '세 번 삑이면 무조건 이긴다.'

세 번이 아니라 다섯 번이라도 시도해야지. 이게 안 되면 다른 아이디어를 찾아야지. 모든 것을 포기한 상태로 여기 딱 멈춰 있으면 조난인 거지만, 동동대다가 방법을 찾아내면 신화가 될 수 있다.

그런 생각 끝에 나는 흠칫 놀란다. 아니, 실은 많이 놀란다. 나 자신한테. 그리고 지금 이 상황에서 내가 해내는 선택과 행동들에. 포기하지 않고 해내는 정신이 내 안에 있었던 거야? 그것도 모르고 그렇게 쉽게 스키를 때려치운 거였어?

물론 잘 알고 있었다. 그때 스키를 포기하지 않았더라도 나는 국가대표 근처에도 못 갔을 확률이 높다. 작은 대회에서 입상조차 못 했을 것이다. 그게 뭐 어때서? 결과와 상관없이 그냥 내가 좋아하는 일을 하면 안 되는 건가?

순간의 판단으로 만든 계단을 꾸역꾸역 올라 구덩이를 탈출

탁경은

하는 데 성공했다. 온통 새하얀 눈밭이 눈을 시리게 한다. 남은 거리는 6킬로미터. 절반이나 남았다. 아니, 절반이나 해냈다. 나는 고글을 내려 쓰고 다시 앞으로 우적우적 발을 뗀다.

곧 할머니 집에 도착할 것이다. 눈에 파묻혀 자취를 감춘 할머니 집의 현관을 찾아 눈삽으로 눈을 퍼낼 것이다. 할머니가 외로워하지 않도록 큰 소리로 할머니를 부를 것이다. 현관이 힘들다면 창가에 쌓인 눈을 치워 집 안으로 쏙 들어갈 것이다. 할머니에게 말벗이 되어줄 것이다. 할머니가 내오는 간식을 야금야금 해치울 것이다. 눈이 녹을 때까지, 눈 속을 헤치고 다가온 구조의 손길이 닿을 때까지, 할머니와 노래를 부르고 할머니 손을 잡고 잠을 잘 것이다.

스키를 계속할 수 있는 방법을 찾아내면 어떨까. 최종 목표가 스키 선수가 아니라면 오히려 더 다양한 길이 나타날지도 모른다. 유진 선생님처럼 스키 강사가 된다면? 스키 강사 자격증을 따서 강사 일을 아르바이트로 하면서 스키를 더 배운다면? 스키와 관련 없는 직업을 갖고 겨울 시즌마다 틈틈이 스키를 탄다면? 스키 동호회 활동을 한다면?

어린이 스키 캠프에서 만난 한 친구는 빨간색 스키복을 입고 있었다. 그 애는 스키를 무서워했다. 바인딩을 채워도 울고 리프트를 타도 울었다. 초급 슬로프 경사를 보고는 경기를 일으킬 정도였다. 쉬지 않고 우는 그 애 때문에 귀가 먹먹했다. 짜증이 울컥 솟았다. 스키가 무서우면 오지를 말지. 왜 여기까지 와서 남에게 피해를 주는지 화가 났다. 자기 딸이 스키를 얼마나 싫어하는지도 모르고 이런 곳에 덜컥 보낸 그 애 엄마도 이해가 안 갔다.

유진 선생님은 차분히 그 친구를 돌봤다. 그 애한테 무엇도 강요하지 않고 충분히 시간을 줬다. 스키를 제법 잘 타는 아이들을 지도하기에도 바빴을 텐데 틈틈이 시간을 내 그 애를 전담마크했다. 선생님과 신뢰가 싹트자 그 애는 조금씩 움직였다. 바인딩을 채워도 울지 않았다. 둘째 날부터는 슬로프 아래 경사가 하나도 없는 곳에서 스킹을 하며 배시시 웃기까지 했다. 결국 마지막 날 그 애는 초급 슬로프를 무사히 내려왔다. 폼이나 자세는 형편없었지만 누구도 그걸 비웃지 않았다.

부모들이 아이들을 데리러 왔다. 아이들의 스키 실력을 보고 저마다 뿌듯한 얼굴을 했는데, 그중에서도 그 애의 부모가 단연 그랬다. 그 애는 스키장을 떠나기 직전에 선생님을 찾아왔다. 선생님에게 개인 코칭을 부탁하는 나를 묵묵히 기다렸다. 볼일이 끝난 내가 뒤로 물러서자 그 애는 선생님에게 다가가 고개를 깊이 숙였다.

"아까 저 타는 거 보셨죠? 제가 스키 타는 거 보고 엄마가 놀랐대요."

유진 선생님은 한쪽 무릎을 땅에 대며 그 애와 시선을 맞췄

탁경은

다. 당당히 해낸 네가 자랑스럽다며 선생님은 칭찬을 아끼지 않았다.

"선생님, 보고 싶을 거예요."

그 애의 두 뺨이 탐스럽게 물들었고 선생님은 그 애를 살포시 안아주었다. 나도 선생님이랑 포옹을 할걸. 어린 마음에 살짝 질투가 일었다.

내가 스키를 배운 이유는 단순했다. 너무 좋으니까. 재미있으니까. 거기에 다른 이유는 없었다. 다른 사람보다 더 빨리 타기 위해서도, 최고의 선수가 되기 위해서도 아니었다. 스키를 향한 나의 첫 마음은 순수했다. 그래서 스키를 탈 때마다 아이처럼 기뻐할 수 있었지만, 그래서 스키 선수라는 꿈을 포기해야 했다.

그냥 스키를 좋아하고 싶다. 자격증을 딸 수 있을지, 스키 강사가 될 수 있을지, 스키로 먹고살 수 있을지 모른다. 어떻게 되든 스키를 좀 더 즐기고 싶다. 스키를 탈 때 느꼈던 빼곡한 즐거움을 놓치지 않고 싶다. 그건 무엇과도 바꿀 수 없는 소중한 거니까. 진짜 귀중한 것을 한 번도 아니고 두 번 놓친다면 그건 세상에서 가장 어리석은 일일 테니까.

다시 오르막이 나타났다. 콧노래를 부르면서 나는 부지런히 발을 놀렸다. 하나면 하나지 둘이겠느냐. 노래를 불러서인지 한번 겪어본 언덕이라 그런지 아까보다 훨씬 덜 힘들었다. 내리막

길을 앞두고 심장이 다시 쿵쾅거렸다. 쾌활하게 질주하는 동안 몸의 감각이 활짝 열렸다. 나를 타넘고 스쳐 가는 익숙한 바람 소리. 꽤 급격한 경사가 주는 아찔한 공포에도 쫄지 않은 심장의 대견함. 내가 지금 우아한 스킹을 하고 있다는 체감이 머리부터 발끝까지 훑고 지나가는 뿌듯함.

제법 붙은 속도 덕에 앞으로 죽죽 나아갔다. 이런 속도로 나아간다면 곧 할머니 집에 도착할 것이다. 드넓은 눈길이 눈앞에 펼쳐졌다. 몇 킬로미터 근방에 움직이는 생명체는 나 혼자였다. 주변을 거듭 둘러봐도 그 사실은 변함없었다. 하지만 외롭지 않았다. 눈의 신이 나와 함께였다. 할머니와 엄마, 이모들과 오빠도 내 곁에 있었다.

한 번 더 타고 싶다고 몸이 말했다. 마음도 이미 '한 번 더'를 외치고 있었다. 그때 눈의 신이 내게 이렇게 속삭였다.

웰컴, 민아. 너를 기다렸어.

탁경은

호기심을 끄는 일이 생겼다. 관심이 자꾸 가는 사람이 생겼다. 하고 싶은 것이 생겼다. 가슴이 막 떨린다. 그 대상에 대해 샅샅이 알아본다. 어떻게 하면 그걸 할 수 있고 가질 수 있는지 자세히 알아본다. 그러다 문득 정신을 차린다. 아, 이거 생각보다 쉽지 않네? 복잡하네? 시간이 많이 걸리겠네?

됐어, 그럼. 솔직히 그렇게까지 좋아하지는 않았어. 그거 말고 다른 것들이 얼마나 많은데. 내가 잠깐 뭐에 홀린 거야. 그건 지름길이 아니야. 효율적이지 않아. 분명히 실패하고야 말 거야. 루저가 되고 놀림감이 되고야 말 거야. 깨끗이 포기한다. 원래 있던 세계로 돌아온다. 모든 계획과 시도를 싹 없앤다. 와, 마음이 편해진다. 역시 익숙한 것이 최고다.

누구나 똑같다. 실패하고 싶지 않다. 단숨에 성공하고 싶다. 어렵고 시간 많이 걸리는 건 딱 질색이다. 시작하기도 전에 머리부터 굴린다. 최단 코스를 짠다. 나만 해당하는 일이 아닐 것이다. 그런데 과연 이게 맞는 일일까? 실패 없이 성공만 하는 인생이 있을까? 어떤 일을 시작하기도 전에 지름길부터 찾는 것이 진짜 현명한 일일까? 내가 원하는 것을 이루는 길이 하나만 존재할까? 막상 가다 보니 여러 개의 길이 나온다면? 묵묵히 걷다가 나에게 딱 맞는 길을 발견할 수 있다면?

하고 싶은 일이 하나도 없다면 눈 크게 뜨고 찾아보자. 아주 작고 사소한 일이라도 상관없다. 하고 싶은 일이 하나라도 있다면 축하한다. 당장 그걸 하면 된다. 무언가를 시도하면 운명의 신이 이렇게 속삭여줄 것이다.

진짜 환영해. 오랫동안 너를 기다렸어.

탁경은

마구

● 주원규 ●

주원규

서울에서 태어나 2009년부터 소설을 발표하며 본격적인 글쓰기를 시작했다. 2017년 tvN 드라마 〈아르곤〉을 집필했고, 2019년 『반인간선언』을 원작으로 한 OCN 오리지널 드라마 〈모두의 거짓말〉의 기획에 참여했다. 2011년부터 꾸준히 가출 청소년을 만나 글쓰기를 가르치며 그들의 목소리를 듣고 기록하고 있다. 지은 책으로 제14회 한겨레문학상 수상작인 『열외인종 잔혹사』를 비롯해 장편소설 『메이드 인 강남』 『반인간선언』 『특별관리대상자』 『기억의 문』 『무력소년생존기』 『크리스마스 캐럴』 청소년소설 『한 개 모자란 키스』 『주유천하 탐정기』 『아지트』 청소년 인터뷰집 『아이 괴물 희생자』 『힘내지 않아도 괜찮아』 평론집 『성역과 바벨』 번역서 『원전에 가장 가까운 탈무드』 등이 있다.

1

지금부터 고등학교 2학년생 한 남자에 관해 이야기해보자. 친구의 이름은 김민호. 특이한 점이 있는데, 야구부 소속 학생이란 점이다.

고등학교 2학년인 김민호는 야구부 소속이다. 포지션은 투수.

민호는 어릴 때부터 투수 외에 다른 포지션을 생각해본 적이 없었다. 방망이를 잡아 휘둘러보거나 그라운드에 나가 캐치볼이라도 할 수 있었을 텐데, 민호는 그 부분엔 재능이 확실히 없었다고 한다. 좋게 말하면 하나에만 집중하는 스타일이고, 나쁘게 말하면 고집이 심한 편으로도 볼 수 있는 민호의 성향 탓일수도 있다. 민호는 초등학교 때부터 포수를 바라보며 공을 던지는 것 외에 다른 관심이 없었다. 투수는 민호의 삶이었고, 야구 인생의 전부였다.

초등학교 때부터 시작된 민호의 투구 인생은 중학교 때까지 계속해서 빛을 발했다. 어깨도 나름대로 튼튼하고 신체 조건도 나쁘지 않았다. 또한, 투수로서의 재능 역시 나쁘지 않았다. 더욱이 민호가 야구 선수로 성장하는 데 아버지인 김만식 감독의 전폭적인 지지도 한몫했음을 부정하기 어렵다. 어렸을 때부터 민호는 야구 감독인 아버지의 영향을 받고 자랐다. 그래서일까. 한때는 신문에 '야구부자'란 제목으로 소개될 만큼 인기도 있었다.

정리해보면 민호는 확실히 구속, 구질 모두 그럭저럭 나쁘지 않은 자질을 갖춘 투수였다. 중학교 때까지는 분명 그랬다. 한번 연습 경기 같은 데 나가서 공을 던지면 100구 이상은 넉넉히 던질 수 있는 체력도 있었기에 선발 투수의 자질도 충분했다. 그럴 만도 하다. 야구를 시작하면서 포수의 글러브 미트에 대고 공 던지는 것만 배웠으니 선발 투수를 꿈꾸는 건 당연한 일이었다. 그런데, 중학교를 졸업할 즈음 문제가 생겼다. 그 문제가 고등학교 2학년에 진학한 지금까지 민호의 발목을 붙잡고 있다. 심각할 정도다.

2

심각하다고 말한 데는 그만한 이유가 있다. 처음엔 민호의 고등학교 진학을 두고 말이 많았다. 민호는 꽤 유명한 야구부가 있는 고등학교에 진학했다. 거기엔 전혀 다른 의도가 없었다. 그렇지만 상황은 묘하게 흘러갔다. 바로 민호가 진학한 학교의 야구부 감독이 민호 아버지 김만식 감독이었기 때문이다.

민호가 진학하자마자 자연스럽게 뒷말이 나왔다. 아버지를 배경 삼아 학교에 진학한 게 아니냐는 것도 의심 가는 하나의 이유였다. 하지만 더 중요한 의심의 눈길은 따로 있었다. 아버지가 감독이니까 아들만 투수로 기용하지 않겠느냐는 의심이었다.

주니어 스포츠 뭐뭐 하는 청소년 일간지에서도 이 문제를 심각하게 다뤘다. 아버지 김만식 감독과 단독 인터뷰까지 할 정도였다. 그때, 김만식 감독은 목에 핏대를 있는 힘껏 세워가며 강조했다.

'우리 아들에게 특혜를 주는 일 따위는 절대 없을 겁니다. 내가 누군데요. 나, 정의와 원칙 빼면 시체인 독불장군 김만식입니다. 김만식이요!'

글쎄, 김만식이 어떤 인물인지 배경지식이 없는데 어찌 알겠냐만 여하튼 별 특혜는 없는 것처럼 보였다. 대회가 있어도 민호가 선발로 등판하는 경우가 거의 없었으니까. 하지만 민호가 경기에 출전하지 못하는 이유는 아버지의 정직과 공정, 그런 것 때문이 아니었다. 다시 말해 아빠 찬스를 써서 손쉽게 등판하는 일을 사전에 방지하는 차원에서 출전하지 못한 게 아니란 말이다.

무슨 이유였을까. 왜 민호는 대회에 나가지 못한 걸까. 이유는 단순하다. 민호의 공이 이상해졌다. 민호가 던지는 공이 말이다.

아버지 김만식 감독의 한마디가 그랬다.

"민호야. 네 공, 확실히 이상해졌어. 너도 알지?"

"난 몰라요. 어떻게 달라졌다는 건지 말해주세요. 뭘 알아야 고치죠."

민호의 답답한 표정처럼 그는 자신의 공이 뭐가 달라졌는지 전혀 알지 못했다. 하지만 아버지 김 감독은 고개를 설레설레 저으며 계속 공이 이상하다는 말만 반복했다.

공을 쥐는 그립도 수없이 바꿔봤다. 자세도, 던지는 궤적도 교정해봤다. 그런데, 뭔가 이상했다. 전문가들 말은 민호의 공이 활처럼 휘어 그 궤적을 예측하기가 어렵기 때문에 구종이 체인지업인지 슬라이더인지 알기 어렵다고 했다. 심지어 어떤 전문가는 너클볼에 가깝다고 했다. 또 어떤 이들, 그러니까 단순히 야구를 좋아하는 민호 아버지 김 감독의 지인들은 민호의 볼을 보며 단 두 음절의 단어로 정의하는 걸 주저하지 않았다.

"마구야, 마구. 그거 아님 설명이 안 돼."

마구(魔球)의 '마'는 마귀를 뜻하고 '구'는 공을 뜻하죠. 일반적으로 마구라는 이름은 공의 변화가 심한 구종에 붙입니다.

　　　　　　　　　　　　　　　－ MLB 해설자의 한마디

마구. 예측하기 힘든, 그렇지만 치명적인 매력이 있는, 이 마구를 민호가 던진다고? 그럼, 대단히 칭찬해야 하는 거 아닌가 하는 마음이 들어야 정상이다. 하지만 문제가 있었다. 민호가 포수에게 사인을 받고 공을 던지는 것까지는 좋은데, 민호의 공이 어디로 어떻게 움직일지 몰라 포수가 제대로 공을 받아낼 수 없는 게 문제였다. 타자는 민호의 공이 무슨 구질인지 몰라 멍하니 쳐다보기만 할 때가 많았다. 하지만 공을 받는 포수도 똑같이 막연하다는 게, 그래서 던질 때마다 공을 놓친다는 게 문제 중의 문제였다.

어떤 공을 던져도 마구가 되어버리는 투수가 된 민호. 그 이유로 그는 연습 경기 외 정식 경기에 출전하지 못하게 되었다. 물론 그는 늘 선발 요원으로 등록된 투수이긴 했다. 하지만 정식 경기에 출전하지 못했다. 여기엔 또 하나의 이유가 있다. 그

하나는 다음과 같다.

민호의 정식 대회 출전을 가로막는 자연스러운 장애물은 민호가 다니는 고등학교 야구부에 혜성처럼 등장한 일반인 학생 출신 괴물 임준빈 때문이었다.

3

190센티미터가 넘는 키에 체중도 90킬로그램 가까이 되는 준빈은 민호가 던지는 이상한 마구와는 뿌리는 공의 스타일이 아예 달랐다. 준빈은 정통 우완 투수였다. 체격이 워낙 좋아서 그런지 구속이 엄청났다. 그는 중학교 때까지 유도를 했다. 그런데 단지 유도가 지루하다는 이유로 고등학교 1학년 때 야구를 처음 시작했다고 한다. 준빈은 정직한 직구를 바탕으로 한 공이 주무기였다. 포수가 굳이 사인을 낼 필요가 없을 정도로 단조로운 구질을 가진 준빈이었다. 하지만 무엇보다 공에 힘이 있었다. 100구를 넘게 던져도 크게 지치는 기색이 없었다. 그랬기에 야구부에서는 준빈을 좋아할 수밖에 없었다.

프로 무대는 어떨지 모르겠다. 하지만 고등학교 야구 대회에서 150킬로미터에 육박하는 준빈의 직구를 제대로 공략할 수 있는 타자는 많지 않았다. 그래서 준빈은 김 감독이 이끄는 야구부에 없어서는 안 되는 존재가 되었다. 그 이유로 민호는 선발 투수로서 제 역할을 다하지 못했다. 안타까운 상황이 시작된 것이다. 자연스럽게 선발 포지션에서 민호의 역할은 급격히 줄어들었다. 정식 대회에서는 거의 준빈만이 전문으로 등판하는 상황이 되었다.

민호 아버지 김 감독의 눈에는 보고 싶지 않은 상황이 펼쳐졌다. 고등학교 감독으로서 그는 선수들에게 재능보단 노력을 주문하는 게 맞았다. 그리고, 그게 정답이다.

하지만 야구라는 스포츠가 노력만으로 선수에게 달콤한 열매를 가져다주는 건 아니라는 걸 모르는 이들은 많지 않았다. 김 감독 역시 그 사실을 모르지 않았다. 준빈을 보면 그랬다.

준빈은 중학교 때까지 유도를 배웠던 청소년이다. 갑자기 야구로 전향해서 그런지 야구 규칙도 제대로 모르는 게 많다. 야구의 매너, 불문율, 태도, 피처 보크가 뭔지도 잘 모른다. 치고 던지는 거 외엔 야구에 대해 아는 바가 거의 없는 것이다. 준빈이 할 줄 아는 거라곤 포수를 향해 공을 던지는 게 전부였다. 그런데도 선발 출전은 그의 몫일 수밖에 없었다. 이유는 단 하나다. 그 누구보다 재능이 넘치기 때문이다. 타고난 재능.

비교하지 않으려 해도 김 감독은 어쩔 수 없이 아들 민호와 준빈을 자연스럽게 비교 대상으로 삼고 말았다. 민호는 하루에 거의 열두 시간 이상 연습을 한다. 연습장에서 보내는 시간만 열두 시간이란 말이지, 동영상을 보며 야구를 분석하고 투구 자세 연구, 공부하는 시간까지 합치면 잠자는 시간만 빼고 온종일 야구 생각만 하고 있단 말이 거짓이 아니었다. 하지만 준빈은 전혀 달랐다. 그는 연습장에 나와 연습하는 정식 연습 시간도 어기기 일쑤였다. 자기가 원할 때 잠깐 나와서 몇 개의 공을 던지고 들어가는 게 전부였다. 연습 시간이 끝나지도 않았는데, 어깨가 뻐근하다며 먼저 글러브를 벗는 일도 많았다. 마음 같아서는 김 감독은 민호를 대회에 출전시키고 싶었다. 아들이어서가 아니라 민호가 누구보다 투수라는 포지션에 대한 애정이 대단했으니까. 하지만 준빈이 일단 타고난 악마의 재능으로 공을 잘 던지고 있기에 외면할 수가 없었다. 당연히 정식 대회엔 임준빈이 선발로 나서야 했다. 고등학생으로서는 놀라울 정도의 강한 체력을 보유했기에 보통 하루걸러 하루 등판하는 토너먼트 고교 야구 대회에서도 늘 선발은 준빈의 차지였다.

여기에 또 하나, 결정적으로 민호의 공이 이상해진 게 문제였다. 민호가 아무리 질문해도 제대로 대답해줄 수 없는 민호의 공, 대체 이 구질을 뭐라고 규정해야 하는지 선뜻 확신이 서지 않는 그 공을 제대로 받아낼 포수가 없다는 게 문제였다. 스트라이크 비율보다 볼의 비율이 훨씬 높은 것도 거기에 덧붙는 문제였다. 그렇기에 김 감독은 대회에서만큼은 민호를 선발 마운드에 세울 수가 없었다.

선발에 등판시키지 않으면 중간 계투나 마무리 투수로 내세우면 되지 않겠는가. 민호 아버지 김 감독도 그렇게 생각했다. 그리고 실제로 민호가 고등학교 2학년이었을 때 여름방학 직전에 벌어진 고교 야구 대회 8강전에 민호를 마무리 투수로 등판시킨 적이 있었다.

비중이 그렇게까지 큰 대회는 아니었다. 대회에서 우승한다 해도 출전 선수들의 대학 입학이 보장되는 대회는 더더욱 아니었다. 그래도 분명한 건 공식 대회였다. 학생들은 우승을 목표로 구슬땀을 흘렸다. 비록 김 감독이 이끄는 팀에는 임준빈을 제외하면 누구 한 명 내세울 선수가 없긴 했지만, 바로 그 문제적 괴물 투수 임준빈 덕분에 우승할 수도 있다고 생각할 정도로 기대에 찬 분위기이긴 했다.

그 대회의 8강 경기 선발은 역시 임준빈이었다. 다부진 체구에 뛰어난 정신력을 지닌 준빈은 여느 때처럼 빠른 구속의 직구를 마구 던져댔다. 회가 거듭할수록 직구 구속은 더 높아져 상대 학교 팀 타선을 0점으로 꽁꽁 묶었다. 상대적으로 점수를 많이 낸 건 아니어서 8회까지의 스코어는 2 대 0이었다. 김 감독은 준빈이 끝까지 던져주기 바랐다. 하지만 준빈은 9회가 되자 더는 던지기 어렵다며 더그아웃 밖으로 나갈 생각을 하지 않았다.

다른 투수도 준비가 충분히 되어 있지 않은 상황. 김 감독은 부랴부랴 언제나 몸을 풀고 던질 준비를 하던 민호를 마운드에 올려보냈다. 9회 말. 2 대 0. 2점만 막으면 되는 상황이었다.

그러나 결과는 끔찍했다. 민호의 실질적인 기록은 폭투였다. 포수가 민호의 공을 제대로 잡지 못한 것이다. 그 결과, 스코어 2 대 3이라는 극적인 9회 말 역전패였다. 말도 안 되는, 있어서는 안 되는 일이 생기고 만 것이다. 김 감독과 민호, 그리고 괴물 투수 준빈이 속한 상일고등학교가 8강에서 허무하게 돌아서게 되는 순간이었다.

패배한 뒤 라커룸으로 돌아왔을 때였다. 준빈이 괴성을 지르며 캐비닛을 주먹과 발로 내리치는 난동을 부렸다. 2학년 동급생과 3학년 선배들도 다 있는 자리였다. 하지만 그 누구도 준빈의 난동을 막지 못했다. 큰 키에 험악한 인상인 준빈의 행동이 상대방 겁주기에 한몫 단단히 한 것도 있을 것이다. 하지만 거기에 하나 더, 결정적인 이유가 있었다. 준빈이 자기네들 대학 진학을 거의 책임져줘야 하는 소년 가장이었기에 함부로 할 수 없었다.

포수였던 친구는 모든 걸 민호 탓으로 돌렸다. 민호가 던진 공의 회전이 너무 심하고 사인대로 공을 던지질 않아 계속 폭투가 나올 수밖에 없다는 게 녀석의 변명이었다. 김 감독이 바로 라커룸 뒤에 있다는 걸 알고 있는 선수들은 민호에게 불만을 드러내진 못했다. 단지 임준빈이 불같이 화를 내며 포수 친구에게 따지고 있었기에 변명 차원에서 포수 친구는 민호를 지목한 것이다.

"김민호 공이 이상한 걸 나보고 어떡하라고! 쟤 공은 잡을 수가 없어, 잡을 수가. 그리고 뭐, 민호가 사인대로 공을 던지는 줄 알아? 저 공 정말 이상해. 이상하다고."

포수가 그렇게 억울하다는 듯 변명을 담은 말을 중얼거리던 사이 난동을 부리던 준빈의 시선이 민호에게 향했다. 민호는 벤치 구석에 앉아 있었다. 신발 끈도 풀지 못한 상태로 스스로 기합이라도 주는 듯 긴장된 자세로 앉아 있었다. 준빈이 민호를 바라보자 라커룸에 모여 있던 다른 학생들 모두 민호를 바라봤다.

민호가 준빈을 바라봤다. 그 눈을 마주하기가 두려웠다. 다 이겨놓은 경기를 망쳐버렸다는 죄책감도 심했다. 경우에 따라선 안하무인 준빈이가 어떤 말을 해도 쉽게 대항하기 어려운 상태이기도 했다. 그렇지만 준빈은 민호를 노려보기만 할 뿐, 욕을 하거나 화를 내지 않았다. 대신 묘한 뒷맛을 남기는 말을 남겼다. 큰 체격에 어울리지 않게 잔뜩 교활해 보이는 미소를 머금은 채.

"누구는 부모 잘 만나서 공 몇 개 안 던져도 대학 가겠네. 야, 진짜. 억울하다. 억울해!"

그 대회 이후 김 감독은 누가 당부하지 않아도 민호를 마운드에 올리지 않았다. 연습 경기나 친선 경기엔 속칭 땜빵으로 나가기도 했지만, 정식 대회만큼은 절대 나가지 못했다. 그렇게 1년이란 시간이 지났다. 그리고 대학 진학을 결정하는 중요한 가을 야구 대회가 임박했다.

어느 날부터인가 민호와 김 감독의 대화가 급격히 줄어들긴 했다. 민호의 공이 이상하다고 말한 직후부터였을까. 아니, 더 정확히 말하면 민호가 마무리 투수로 등판했던 대회 이후부터 김 감독과 민호는 연습장에서도, 집에서도 거의 대화를 나누지 않았다. 집 주방 식탁에서의 대화는 주로 민호 엄마가 아버지 김 감독과 민호를 사이에 두고 떠드는 게 전부였다.

그렇게 시간이 지나 가을 대회를 며칠 앞둔 상황이었다. 평일 저녁. 누군가가 조심스럽게 김 감독의 사무실 문을 두드렸다. 노크하는 소리인지 바람 소리인지 분간이 안 될 정도로 자그마한 두드림이었다. 김 감독은 그가 자기 아들 민호인 걸 대번 알 수 있었다. 민호는 시간이 갈수록 모든 행동에 있어서 더 조심스러워졌다. 그게 아들 민호의 변화였다. 김 감독은 바로 그 점이 속상했다. 할 수만 있다면 그러지 말라고, 야구 선수라면 더 당당하고 떳떳하게 자기 의견을 말할 수 있어야 한다고 해주고 싶었다.

김 감독은 민호의 방문이 반갑기도 하고 난처하기도 했다. 두

　　　　　　　　　　　　　　　　　　　　　　　　주원규

마음이 교차했다. 바람 소리에 가깝도록 작고 수줍게 문을 두드리고 들어온 민호가 어떤 고민을 얘기할지 이미 알고 있었기에 난처한 것인지도 몰랐다. 예상대로 민호는 자기 공이 대체 무슨 문제인지 알기 원했다.

"아빠라면 답을 알고 있을 것 같아서."

"내가 알면서 답을 말 안 하는 것처럼 보여?"

김 감독의 질문에 민호가 고개를 끄덕였다. 그것도 힘차게. 그러자 김 감독이 자신도 모르게 퉁명스럽게 답했다.

"아들. 나한테 뭔가를 묻기 전에 네 공부터 좀 어떻게 해야 하지 않겠냐."

"아빠가 시키는 대로 다 했어. 폼도 바꾸고 공을 잡는 손 방향도 바꿔보고."

"시키는 대로 다 했는데도 이상한 회전이 계속된다고?"

"나도 답답한데……."

"일단 민호야. 대학부터 가자."

"대학에 가면?"

"응?"

"한 번도 선발로 던져보지도 않고, 준빈이가 차려준 덕에 감독 아들이란 이유로 대학에 가면?"

"아들."

"그러면, 그다음엔 내가 던진 공을 누가 알아봐 줘? 누가 날 계속 투수로 알아줄 수 있어?"

굳이 밝히자면 민호의 마지막 말은 정답이었다. 하지만 김 감독은 그 정답을 피하고 싶었다. 지금은 민호를 교정해서 끌고 가는 게 우선이 아니라고 생각했다. 일단은 팀이 비중 있는 전국대회 4강에 올라가 대학 진학 혜택을 받으면 그때 고민해야 할 문제라고 생각했다. 김 감독은 그 생각을 있는 그대로 민호에게 전달했다.

"알아듣겠어? 아빠 뜻?"

김 감독의 말을 들은 민호가 그를 물끄러미 쳐다봤다. 김 감독은 반사적으로 민호의 시선을 피했다. 그러자 민호가 말을 이었다.

"진짜 고민은 그것만이 아니야."

"뭔데?"

"아이들…… 친구들이 이상해졌어."

"어떻게?"

"……"

"뭐가 어떻게 이상해졌는데?"

"……"

"말 안 할래?"

주원규

4

정말 그 얘기는, 어떤 의미에서는 제대로 할 수 있는 말이 아니었다. 민호의 입장에서 보면 분명 그랬다.

정확히 얘기하면 야구부 아이들이 이상해진 건 아니었다. 한 아이의 변화에 야구부 아이들 전체가 불안에 빠진 것으로 보는 게 옳았다. 그 한 아이는 바로 임준빈이었고, 준빈의 변화는 예견된 것이었다.

김 감독도 준빈의 변화를, 그것도 부정적인 방향으로 변화하는 것을 모르지 않았다. 준빈은 자신의 실력으로 다른 야구부 아이들까지 덤으로 대학에 진학할 수 있다는 현실을 알게 되면서부터 아이들을 친구로 생각하지 않는 건방진 태도를 보였다. 친구라면 할 수 없는 만행의 연속이었다. 준빈은 이유 없이 야구부 친구들을 때리고 욕했다. 흔히 말하는 빵셔틀 시키는 일은 차라리 애교 수준이었다. 1년 선배인 3학년 형들은 이런 준빈의 제멋대로인 행동을 애써 모른 척했다. 라커룸이나 샤워실에서 준빈이 동료 학생이나 후배 1학년들에게 성추행에 가까운 농담과 선을 넘는 행동을 해도 서로 웃고 넘기자며 같이 그 못된 행동에 동참하거나 빨리 샤워를 끝내고 나가버리기 일쑤였다.

준빈의 행동이 명백히 선을 넘는 건 분명했다. 하지만 아이들은 모두 입을 다물었다. 눈앞에서 준빈이 동급생을 구타하는 일이 벌어졌는데도 같은 자리에 있었던 모두가 이 장면을 못 본 척했다. 마치 아무 일도 없었던 것처럼 넘어가기로 한 것이다.

상황이 이렇게 되자 오히려 불똥은 민호에게로 옮겨갔다. 욕하고 빵셔틀 시키기를 자행하는 흐름에서 준빈은 민호만을 예외로 두었다. 민호는 준빈의 바로 옆에 있었다. 준빈은 민호를 향해서는 욕을 하거나 빵셔틀을 시키지 않았다. 하지만 준빈은 꼭 민호가 함께 있는 현장에서 다른 아이를 이유 없이 두들겨 패기 시작했고, 끝에는 항상 말 한마디를 덧붙였다.

"누구는 좋겠어. 몸으로 때우지 않고, 공도 안 던지고 대학에 갈 수 있으니 말이야."

김 감독은 눈살을 찌푸렸다. 복잡했다. 어떻게 이 상황을 해결해야 할지 고민이었다. 민호가 고백한 상황을 그대로 무시할 수도 없었기에 이 답답함은 더했다.

"아빠."

"민호야. 김민호."

"응."

"이 상황이 너한테 혼란스러울 거라는 거 알아. 그럴 수 있지."

"아니, 난 지금 혼란스러운 게 문제가 아니야."

"그럼?"

"아이들이 나 때문에 피해 보는 것 같다고."

"그게 왜 너 때문이라고 생각해? 너 때문이 아니라 임준빈, 그 녀석이 나쁜 행동을 하는 게 문제잖아."

"그 나쁜 행동을 누구도 막지 못하잖아. 아빠도 못 막잖아."

민호의 답은 틀린 답이 아니었다. 민호는 늘 그랬다. 한 번도 틀린 말을 하지 않았다. 민호의 사전에 오답은 없었다. 딱 하나, 민호 자신이 던지는 마구만 제외하면 모든 게 정답이었다.

순간의 침묵이 꽤 오랫동안 계속되었다. 그렇게 어색한 시간이 지나갔다. 민호의 고민하는 표정을 김 감독이 바라봤다. 태어났을 때부터 봐온 아들이다. 핏줄이기에 어쩔 수 없이 자신을 많이 닮아 있을 수밖에 없다는 걸 알고 있었다. 그랬기에 김 감독은 지금 민호가 무슨 고민과 결심을 이야기하려 하는지 알 것 같았다. 그래서일까. 김 감독은 민호가 말을 꺼내기 전에 자신이 가로채듯 먼저 말했다.

"무슨 말을 하려는지 알겠는데, 그거 하지 마."

"아빠."

"명령이야. 그 말, 하지 마. 하지 말고 가서 연습이나 해."

"아이들이 이상해진다고. 그런데 어떻게 연습을 해?"

"글쎄, 이번 춘계 대회까지만 어떻게든 넘어가라고. 그 야구 대회에서 4강만 들면 돼. 그때 가면 내가 알아서 다 정리할 거니까 걱정 말고."

"어떻게 뭘, 정리하는데?"

"임준빈……. 적절한 선에서 주의 줄 거야."

"지금은?"

"응?"

"지금은 왜 주의를 못 주는데?"

"그건……."

"내가 그만두는 게 더 빠를 것 같아. 그렇지 않아?"

"아들! 그 말 하지 말라니까."

김 감독이 우려하던 민호의 말이 기어이 나왔다. 준빈이 민호를 부당한 특혜나 누리는, 아빠 감독 찬스를 쓰는 질 나쁜 인물로 단정하고 아이들을 괴롭히던 중이었으니까. 그 모습을 곁에서 봐온 민호가 그만둔다고 말하는 건 너무나 당연한 반응이라고 김 감독은 생각했다. 김 감독이 전혀 듣고 싶지 않던 그 말이 결국 민호의 입에서 나올 수밖에 없었다. 이제 김 감독은 어떻게 말해야 할지 망설임만 가득했다.

"아빠. 내 공은 왜 이상할까?"

"뭐?"

"처음부터 이상했던 게 아닌데……. 죽어라 노력도 하고 뭐든 잘 던지려 했는데, 그런데도 왜 내 공은 이상해지는 걸까?"

"……."

"원하는 대로, 노력한 대로 열매 맺는 게 야구라고 그랬는데, 아빠가 그렇게 말했는데……. 아빠, 내 공은 왜 이러는 걸까?"

주원규

김 감독은 끝내 민호에게 아무 말도 해주지 못했다. 굳게 입을 다물고 춘계 대회가 어서 빨리 지나가기만 기다릴 뿐이었다.

5

꽤 많은 시간이 지났지만 나아지는 건 없었다.

준빈의 폭행은 계속되었다. 날마다 그 폭행과 욕설의 수위는 더 강해졌다. 동시에 시간은 어김없이 지나 고교 야구부의 대학 진학을 결정짓는 춘계 대회가 개최되었다. 예상대로 김 감독이 이끄는 고교 야구부는 임준빈의 원맨쇼로 시작되었다. 타자들이 특별히 뛰어난 실력이 있는 것도 아니어서 점수는 그야말로 가뭄에 콩 나듯 1, 2점 정도 뽑는 게 고작이었다. 그 정도 타격 실력으로 승리하려면 투수가 정말 막강해야 했다. 그 역할을 괴물 투수 준빈이 감당했다. 준빈은 자신을 소년 가장이라 부르며 마구잡이로 공을 던졌다. 별다른 노력을 하지 않아도 타고난 속도감과 제구력으로 준빈은 상대 팀을 압도했다. 그렇게 32강 토너먼트를 완봉승으로 올라갔고, 16강 경기도 완봉승이었다.

16강에도 선발로 등판한 준빈을 보러 오기 위해 고교 야구 대회임에도 제법 많은 스포츠 관계자들이 모여들었다. 심지어는 미국 메이저 리그 스카우터나 분석관도 여러 명 참여했다. 이쯤 되면 긴장할 법도 한데, 준빈은 특유의 자신감으로 상대 타자를 공략했다. 구질이 단조로운 게 유일한 단점이었을 뿐, 고교 타자들이 감당하기엔 분명한 무리수가 있는 구속으로 삼진, 땅볼을 차곡차곡 잘도 잡아냈다.

32강도 압권이었지만, 16강 경기는 그야말로 투수 임준빈의 원맨쇼, 그 이상도 이하도 아니었다. 특히 9회까지 노히트 노런 경기였다. 한 개의 안타도 맞지 않았다. 물론 다른 야구부 동료들이 몸을 던져 수비를 한 도움이 컸지만 스카우터나 야구 관계자들은 그런 동료의 도움을 주의 깊게 보지 않았다. 단지 임준빈의 타고난 재능만 볼 뿐이었다.

9회 원 아웃 상황에서 단타지만 안타를 맞았을 때, 임준빈은 화를 이기지 못하고 글러브를 벗어 바닥에 내동댕이쳤다. 심판은 그런 임준빈에게 경고했다. 그러자 준빈이 거칠게 항의했다. 입에서 욕이 나오고 자칫하면 심판에게 달려들기 일보 직전이었다. 김 감독이 한발 빠르게 달려들어 가까스로 임준빈의 도발을 막았다. 하지만 이미 때는 늦었다. 준빈은 곧 퇴장되었다.

더그아웃으로 들어온 임준빈은 참았던 욕을 제한 없이 쏟아냈다. 더그아웃 분위기는 순식간에 초긴장 상태로 접어들었다. 물론 승리는 그들의 몫이었다. 8회, 나름 대량 득점을 거둔 탓에 임준빈이 퇴장했어도 승리에는 지장이 없었다.

준빈은 더그아웃에 앉은 상태에서도 화를 가라앉히지 못하

주원규

고 계속 욕을 했다. 누굴 상대로 쏟아내는 욕인지 알 수 없었다. 계속해서 욕을 쏟아내면서 동료 선수들을 노려봤다. 아이들은 모두 임준빈의 시선을 피했다. 두려움을 잊기 위해 다리를 떨기도 했다.

그렇게 경기가 끝났다. 노히트 노런은 놓쳤지만 임준빈은 경기 초반부터 일찌감치 스타였다. 퇴장한 선수였지만 승리 팀 MVP도, 인터뷰 대상도 임준빈이었다. 오히려 매스컴은 불같이 화내는 임준빈의 모습에서 청소년답지 않은 패기가 느껴진다며 추켜세웠다. 민호 아버지 김 감독도 이번 대회의 주역은 단연 임준빈이라고 말했다. 물론 다른 선수들, 이번엔 타자들의 노력도 있었다고 말은 했지만 적절하게 어필하진 못했다. 임준빈을 향해 스포트라이트가 쏟아졌다. 그리고, 경기가 끝난 뒤 임준빈은 야구 팀의 숙소로 돌아오지 않았다. 프로야구 팀 관계자들과 저녁 약속이 있다는 말도 남기지 않았다. 김 감독이 한참을 임준빈의 휴대폰으로 전화한 뒤에야 알게 된 스케줄이었다.

16강을 무난히 통과한 뒤 나흘이 지났다. 나흘이 지난 뒤 바로 8강전이 시작되는 날 아침이었다. 김 감독은 이번에도 당연히 선발은 임준빈이라 말했다. 그 전날 밤부터 임준빈은 웃는 인상을 지우지 않았다. 거기에 또 하나, 동급생 친구들에게 더는 욕을 하지 않았다. 빵셔틀도 시키지 않았고, 부당한 심부름도 시키지 않았다. 임준빈은 동급생과 선배들, 후배들 모두에게 갑자기 천사가 되었다. 민호에게도 마찬가지였다.

6

갑자기 천사로 변한 게 화근이었을까. 준빈이 착해진 걸 두고 야구부 아이들은 일제히 불안감을 느꼈다. 그건 그야말로 설명하기 어려운 불안이었다. 오전 작전 회의가 끝나고 임준빈이 점심을 다른 사람과 먹고 들어오겠다고 말한 뒤 어디론가 사라졌을 때였다. 아이들은 한결같이 불안한 표정을 감추지 못하며 말을 주고받았다.

"저 새끼, 갑자기 왜 저래? 왜 갑자기 천사가 된 거야?"

"요 며칠 동안 무슨 일이 벌어져도 엄청난 게 벌어진 것 같아."

"무슨 엄청난 거?"

"확실한 건 아닌데, 그래도 뭐 감이 오지 않냐? 메이저리거 스카우터가 왔다 가고 프로 팀에서도 왔다 가고."

"거기다 준빈이 그 새끼 아빠 엄마도 출퇴근하듯 나타나고."

"잘났다. 잘났어, 아주."

아이들의 말이 이어지는 동안 민호는 혼자 연습장으로 걸어 나갔다. 그리고 누가 시킨 것도 아닌데, 불펜에서 몸을 푸는 연습을 했다. 제대로 된 투구를 하기 위해 자세를 교정하고, 어깨 근육을 보호하기 위해 스트레칭을 했다. 야구 모자를 눌러 쓰고 야구복도 규정에 맞게 맞춰 입었다. 아이들은 그런 민호를 황당하다는 표정으로 바라봤다. 몇 시간 후에 바로 경기가 시작이었지만, 그래도 아이들은 어차피 임준빈이 1회부터 9회까지 던질 게 불을 보듯 훤한 경기를 준비하는 민호가 한심해 보였다.

"쟤는 저기서 혼자 뭐 하는 거야?"

"난 민호만 보면 이상해. 이상하다는 말이 어쩔 수 없이 나와."

"뭐가 이상한데?"

"연습도 제일 많이 하고, 투구 동작도 가장 표준이잖아. 그런데 공이 왜 그래?"

"엄밀히 말해 공이 아예 형편없는 건 아니지."

"뭔 소리야. 포수가 못 잡는 공이면 형편없는 거지."

"그럼, 뭐야. 민호 공은 마구야. 쓰레기야."

"그게 뭐가 중요하냐. 마구든 쓰레기든 실전에서 던져야지."

아이들의 말을 전해 들은 건 민호가 아니었다. 반쯤 문이 열린 라커룸 앞에 서 있던 김 감독이었다. 김 감독은 아이들의 말 전부가 사실과 맞닿아 있는 점이 성가시지만 가슴 아프게 와닿았다. 아이들 말은 결국 사실로 굳어버릴 것이다. 준빈은 계속 선발에 나와 던질 것이다. 큰 점수 차이가 나지 않는 이상 계속 던질 수밖에 없다. 시작도 임준빈이 열 것이고, 끝도 임준빈이

마무리할 것이다. 민호에게 과연 기회가 올 수 있을지 김 감독
은 자신하지 못했다.

7

그런데, 모든 일은 뚜껑을 열어봐야 하는 걸까.

상일고등학교, 김 감독의 야구부, 그 더그아웃에서는 찬물을
끼얹은 듯한 긴장감이 맴돌았다. 그라운드도 마찬가지였다. 야
수들과 포수 모두 어처구니없는 표정으로 인상을 구겼다.

8강 경기가 시작되었고, 예상대로 임준빈이 선발 마운드에
올랐다. 평일 오후 2시 30분에 시작한 경기였다. 그렇게 경기가
시작된 뒤 한 시간쯤 지났을 때였다. 김 감독은 자리에 앉아 있
지 못했다. 사색이 된 얼굴로 전광판의 스코어를 확인하고 또
확인했다. 믿을 수 없는 스코어가 찍혀 있었기 때문이었다. 5회
말 스코어 9 대 0. 임준빈이 속한 팀이 0, 상대 팀이 9였다.

구속이 나쁜 건 아니었다. 몸 상태가 특별히 나쁜 것도 아니었
다. 준빈은 자기는 평소 실력대로 던진 것뿐이라고 툴툴거렸다.
문제는 상대 팀이 작심하고 준빈의 공을 공략한다는 점이었다.

3회까지 지켜보면서 김 감독은 올 게 왔다는 생각이 들었다.

임준빈의 단조로운 구질이 언제까지 상대 타자들에게 먹힐지 늘 불안했기 때문이다. 결국, 그 불안이 현실이 되고 말았다.

춘계 야구 대회 32강, 16강을 거치면서 임준빈은 일약 고교 야구 스타가 되었다. 프로야구 팀 관계자와 부모가 하루에도 두세 번씩 만나면서 긴밀한 대화를 나눴다. 하지만 그사이 준빈의 유명세는 다른 팀 감독과 선수에겐 필수 분석 사항이 되었다. 직구와 슬라이더, 단 두 가지 구질이 임준빈이 던질 수 있는 공의 전부였다. 그나마 던지는 공은 직구가 대부분이었고, 슬라이더는 대부분 스트라이크가 아닌 볼이었다. 준빈의 공에 대한 분석도 이미 끝난 상황. 그 상태에서 상대 팀 타자들은 무조건 배트를 짧게 잡고 임준빈의 직구를 단타로 맞추는 데에 집중했고, 그 승부수는 적중했다. 1회부터 연속 안타를 맞기 시작하면서 임준빈은 대량 실점을 하고 말았다. 1회 2점, 2회 3점, 그리고 3회 2점, 4회 2점까지. 벌써 9 대 0. 이런 식으로 한 점만 더 실점하고 만회 점수가 나오지 않으면 콜드게임으로 조기에 게임이 종료되고 말 것이다.

하지만 정작 당사자 준빈은 더그아웃으로 들어오면서도 표정이 어둡지 않았다. 해맑은 미소까지 머금은 채로 친구들에게 농담도 하며 혼자 신났다. 김 감독도, 다른 아이들도 그 순간 준빈이 왜 저렇게까지 여유로운지 그 이유를 알고 있었다.

준빈이 5회 말까지 9실점하고 더그아웃으로 복귀할 때였다.

그때, 스포츠 속보로 임준빈의 부모가 유명 프로야구 팀과 정식으로 계약을 체결한다는 파격적인 조건의 계약 내용이 공개되었다. 김 감독과 상일고 야구부 모두가 그 사실을 알게 되었지만 단 한 사람, 민호만은 그 사실을 몰랐다. 언제, 어떻게 등판할지는 모르지만, 민호는 항상 경기에 나갈 준비를 하기 위해 더그아웃이 아니라 라커룸 옆 화장실 앞에 서 있었기 때문이다.

임준빈은 이런 아이들과 김 감독의 초조함, 분노를 아는지 모르는지 어깨를 만지작거리며 연신 얼굴에서 해맑은 미소를 지우지 않았다. 그러면서 아이들을 보며 말을 걸었다.

"아이씨. 최선을 다해 던지긴 했는데, 재수 없게 계속 처맞네. 야야, 이거 어떡하냐. 이러다 지겠다?"

'이러다 지겠다?'

준빈이 그 말을 뱉은 순간 한 아이가 더그아웃에서 몸을 던져 녀석의 얼굴을 향해 주먹을 날렸다. 순식간에 벌어진 일이었다. 빵셔틀을 가장 심하게 당하던 후배도 이 싸움에 뛰어들었다. 아이들은 지금까지 참고 또 참았던 분노를 자신도 모르게 터트리고 말았다. 녀석들이 지금까지 임준빈에게 언어맞고 욕을 듣고, 빵셔틀을 하면서도 참고 또 참았던 건 딱 한 가지 이유 때문이었다. 자신이 속한 상일고 야구부가 4강에 진출해 대학 진학을 할 수 있을 거라는 희망 때문이었다. 그랬기에 준빈의 괴롭힘을 참고 또 참았던 게 아닌가. 그런데 지금, 임준빈 혼자 유명 프로

야구 팀으로 스카우트된 상태다. 8강 경기가 5회째 진행되는 지금 정확한 현재 스코어는 9 대 0이다. 한 점만 더 먹으면 콜드게임으로 경기가 끝날 상황이다.

벤치 클리어링도 아니고, 더그아웃에서 같은 학교 학생들끼리 주먹다짐이 벌어진 상황은 처음 본 모양이다. 심판도, 상대 팀 감독도 이 상황을 어떻게 수습해야 할지 황당하기만 하다. 임준빈은 씩씩거리며 아이들을 모두 집어삼킬 기세로 주먹을 휘둘렀지만, 분노와 허탈함에 악에 받친 아이들이 떼로 덤벼드는 기세를 당해내진 못하고 그 자리에 주저앉아 얻어맞았다. 이 모습을 본 임준빈 부모가 비명을 지르며 운동장을 가로질러 더그아웃을 향해 뛰어들었다. 이제 곧바로 프로야구에 입단해야 할 귀하신 아들의 얼굴에 주먹을 올려붙였으니 뛰어드는 게 당연한 반응일지도 모른다.

심판은 일단 경기를 중단시켰다. 김 감독을 불러 경기를 계속할 수 있을지 물었다. 벤치 클리어링이 아니니까 일단 싸움을 한 친구들만 퇴장시키고 경기를 하는 쪽으로 가닥을 잡았다.

"경기는 계속해야 하니까. 그게 모양새도 좋고요. 그렇죠?"

"네. 그렇죠. 몰수패보다는 그게 낫습니다."

김 감독의 얼굴에 허탈함이 묻어 나왔다. 그때, 상대 팀 감독이 걱정 어린 표정으로 물었다.

"그런데…… 던질 선수가 있어요?"

"그게 저도 걱정인데."

"아까 잠깐 보니까 임준빈하고 투수 애들이 죄다 싸우던
데……. 투수가 남았나?"

"……그게 좀."

그때였다. 심판이 놀란 듯 소리치며 말했다. 손가락으로 마운
드를 가리키며.

"저기 벌써 나갔네. 그럼, 시합 복귀하는 겁니다."

"그런데…… 저 친구는 누구야? 처음 보는 얼굴인데……. 명
단에 있어?"

8

6회 말. 난투극에 휘말리지 않은 야구부 선수들이 그라운드
로 뛰어나와 1, 2, 3루와 야수 쪽에 자리를 잡고 섰다. 그때에도
마운드는 공석이었다. 공교롭게도 투수 전체가 임준빈과 함께
육탄전에 뛰어든 상태. 투수가 없었다. 그런데, 심판과 상대 팀
감독 그리고 김 감독의 시선에 일제히 민호가 눈에 들어왔다. 누
가 시키지도 않았지만 무표정하게, 아무 일 없다는 듯, 아니, 이
렇게 하는 게 당연하다는 듯 혼자 마운드로 걸어 나왔다.

잠시 후, 김 감독이 뒷주머니에 야구공 두 개를 들고 마운드

로 다가갔다. 민호가 야구장 전체를 둘러봤다. 모두 평범했다. 수비수로 선 친구들, 포수 미트를 얼굴에 눌러쓴 동급생 친구 모두 마치 오래전부터 민호가 마운드에 익숙하게 올라선 것처럼 아무 일 없다는 듯 서 있었다.

오랜 시간이 지난 듯했다. 민호에겐 분명 그랬다. 김 감독이 민호 앞에 섰다. 그리고 말없이 민호를 바라봤다. 민호도 아버지 김 감독의 시선을 피하지 않았다. 문득 김 감독과 민호의 시선에 전광판이 스쳐 지나갔다. 9 대 0. 콜드게임이 임박한 상황이었다. 이미 승부의 추는 기울었다. 주전 타자들도 퇴장당했다. 임준빈은 더그아웃을 나가면서도 뭐가 그렇게 좋은지 해맑은 미소를 포기하지 않았다.

얼마간의 침묵이 끝난 뒤 김 감독이 민호에게 말을 걸었다. 그 역시 대수롭지 않다는 듯.

"어때?"

"뭐가?"

"마운드에 서니까. 어떠냐고?"

"어떻긴 뭐 어때. 투수가 공 던지려고 마운드 서는 거…… 당연하잖아."

"넌…… 지금 그 당연한 걸 하는 거고?"

"응."

"그래."

김 감독이 뭔가 결심한 듯 민호에게 공을 건넸다. 공을 받아 든 민호가 김 감독에게 간단히 목례했다. 그리고 말했다. 이전 과는 다르게.

"어떻게 던질까요?"

"응?"

"감독님. 말씀해주세요. 제가 어떻게 던지면 될까요?"

"어떻게?"

"작전 같은 거 있으면 말씀해주세요. 뭐, 그런 거 없어요?"

김 감독이 순간 설핏 미소를 지었다. 민호는 반대였다. 녀석 은 여전히 진지했다. 잠시 스쳐 지나간 미소의 끝에서 김 감독 이 말을 이었다. 민호의 요구대로 김 감독의 그 말은 일종의 작 전 지시였다.

"어떻게 던지느냐 하면…… 딱 하나야."

"……."

"마구처럼 던져."

"네?"

"민호, 너처럼 던지라고. 그럼 돼."

그 말을 끝으로 김 감독은 더그아웃으로 들어왔다. 곧바로 심 판이 시작을 알리는 신호를 민호에게 주었고, 민호는 첫 번째 공을 던질 모든 준비를 마쳤다. 그리고 힘껏 와인드업했다. 이 제, 던지기만 하면 되었다. 마구처럼.

　지금은 상상하기 어렵지만, 초등학교 시절 나의 장래 희망은 야구 선수였다. 그중에도 투수. 정말 간절히 투수가 되길 원했던 것으로 기억한다.

　왼손잡이였던 나는 이상하게 공을 던지는 게 좋았다. 내가 던진 공을 타자가 맞추지 못하고 헛스윙을 할 때 짜릿함도 좋았지만, 내 손에서 공이 떨어져 나갈 때의 그 짜릿함은 지금도 손끝에 남아 있는 듯했다.

　꽤 시간이 지난 지금, 안타깝게도 나는 야구선수가 아니다. 야구를 마니아처럼 좋아하지도 않는다. 하지만, 야구라는 스포츠가 가진 두 가지 양면성이 인생을 살아가는 데도 필요하지 않은가 하는 마음은 종교처럼 남아 있다. 야구는 성실성과 의외성이 함께하는 스포츠다. 끝날 때까지 끝난 게 아니라는 말처럼, 야구는 기가 막힌 우연과 예측 불가능한 변수로 가득 차 있다. 꼴찌 팀이 1위 팀을 이기는 것도 얼마든지 가능하고, 의외성이 넘치는 스포츠는 야구 말고는 없어 보인다. 하지만 반대로 이 의외성이 나타나려면 성실함이 필요하다. 기본이 갖춰지지 않으면 아무리 우연을 기대한다 해도 영화에서 본 것 같은 기적은 일어나지 않는다. 결코.

작품 「마구」를 쓰면서 그런 생각이 들었다. 우리가 살아가는 미래는 예측불허, 좌충우돌인 게 분명해 보이지만, 그 예측불허의 미래를 즐기기 위해서는 순간순간 성실히 대비해야 하는 게 아닐까 하는 생각, 그리고 세기의 레전드 같은 마구를 볼 수 있는 것도 제대로 된 투구폼과 수만 개 이상 던지고 또 던져본 피칭 결과가 함께했기 때문이 아닌가 하는 생각으로 이 소설을 썼다.

누가 뭐래도 야구의 꽃은 단연 '마구'라고 믿는다. 아무도 쉽게 안타를 칠 수 없는 마구처럼, 누구도 쉽게 넘볼 수 없는 마구 같은 인생을 응원한다.

주원규

나는 스트라이커!

● 정명섭 ●

정명섭

1973년 서울에서 태어났다. 대기업 샐러리맨을 거쳐서 커피를 만드는 바리스타로 일했으며, 현재는 전업 작가로 활동하고 있다. 좀비물부터 동화까지 다양한 장르의 글을 쓴다. 2016년 제21회 부산국제영화제에서 뉴크리에이터상을 수상했으며, 한국추리문학상 대상을 수상했다. 지은 책으로 『미스 손탁』 『사라진 조우관』 『추락』 『저수지의 아이들』 『무덤 속의 죽음』 등이 있다.

목발을 짚고 차에서 내린 그녀의 눈에 가장 먼저 띈 것은 학교 정문에 걸어놓은 현수막이었다.

'유럽을 제패한 대한민국 최고의 스트라이커 이혜지의 방문을 환영합니다.'

그걸 본 이혜지는 10년 전 처음 이곳에 왔을 때를 떠올렸다.

'날벼락 같은 일이었지.'

어느 날 갑자기 찾아온 엄마를 따라 정든 영월을 떠나 서울로 와야만 했다. 어릴 때 아버지가 돌아가시고 어머니가 훌쩍 떠나는 바람에 할머니와 함께 살고 있던 그녀로서는 놀랄 만한 일이었다. 불쑥 찾아온 어머니는 딸을 데려가겠다며 할머니와 목소리를 높이고 싸웠다. 할머니는 아들이 죽자 말도 없이 떠나더니 이제 와서 무슨 낯짝으로 찾아왔냐고 화를 냈다. 하지만 결국 이혜지를 서울로 데려가겠다는 며느리의 고집을 꺾지 못했다. 초등학교를 같이 다니던 친구들과 나란히 중학교로 진학해서 잘 지내고 있던 이혜지는 갑작스럽게 서울로 옮겼다. 그리고 여기 감천중학교로 전학을 왔다. 친구들이랑 헤어지는 것도 싫었고, 높은 빌딩과 도로를 가득 메운 자동차로 정신이 없는 서울도 적응되지 않았다. 정작 그녀를 데려온 엄마는 보험 영업을 하느라 집에 늦게 들어오고, 주말에도 나가곤 했다.

낯선 곳에 홀로 남겨진 이혜지는 학교생활에도 적응하지 못했다. 딱 봐도 시골에서 전학 온 티가 확 나는 이혜지는 자신을 향해 쏟아지는 아이들의 시선을 견딜 수 없었다. 아이들은 까무잡잡한 그녀의 피부를 보고 까만 콩이라고 놀렸고, 강원도 사투리를 흉내 내면서 비웃었다. 덕분에 등교하는 게 지옥에 가는 것처럼 싫었다. 외롭고 버림받았다는 느낌에 둘러싸인 그녀는 학교에서 악명 높은 쌍둥이 자매가 자신을 놀리자 참지 못하고 주먹을 휘둘렀다. 초등학교 다닐 때 남자 선생님도 들지 못하던 강당의 역기를 들 정도로 힘이 셌기 때문에 둘을 제압하는 건 어렵지 않았다. 하지만 쌍둥이 자매가 먼저 시비를 걸었음에도 주먹을 휘둘렀다는 이유로 교무실에 불려가서 혼이 나야만 했다. 속이 타들어 갈 정도로 억울해하던 그녀를 구해준 것은 학교에 있는 여자 축구부 감독이었다. 나이키 트레이닝복 차림의 선생님은 자신이 책임지겠다며 그녀를 데리고 나왔다. 그리고 분을 삭이던 그녀에게 말했다.

정명섭

"너, 축구 할래?"

"왜요?"

"체격도 좋고 힘도 있어 보여서. 축구 해본 적 있니?"

"초등학교 때 운동장에서 애들이랑 찬 적 있어요."

"기본기부터 차근차근 배우자. 그럼 좋은 축구 선수가 될 수 있을 거야."

"그래서 뭐 하게요?"

"좋은 사람이 될 수 있는 거지. 스포츠는 정직하니까."

알 수 없는 말이었지만 다시 교무실에 불려가는 걸 피하기 위해서라도 잠자코 따라가야만 했다.

그때의 기억을 떠올리던 이혜지는 자신을 환영하는 현수막이 걸린 것을 보고 속으로 쓴웃음을 지었다. 약간 오르막인 교문을 지나자 육상 트랙에 둘러싸인 잔디 축구장이 보였다. 축구 잡지의 기자가 있는 것도 보였다. 그중에 아는 기자와 눈으로 인사를 나눈 이혜지는 습관적으로 허리를 굽혀 잔디를 만져봤다. 그걸 본 기자가 다가왔다.

"천연 잔디래."

"그러네요. 우리 때는 인조 잔디였는데."

"너 때문이지. 이후에 감천중학교 여자 축구부가 계속 강세였잖아."

"후배들이 잘한 거죠. 저는 뭐."

"아까 교장 선생님한테 들었어. 잔디 시공비 보태고, 관리비도 계속 내준다며?"

기자의 말에 이혜지는 허리를 펴면서 대답했다.

"비밀을 지켜달라고 했는데."

"요즘 세상에 비밀은 비밀도 아니지. 그리고 좋은 일은 널리 알려야 하잖아."

천연 잔디로 된 운동장 한쪽 끝에서는 유니폼을 입은 축구부 학생들이 일곱 명씩 모여서 패스 훈련을 하는 중이었다. 여섯 명이 큰 원을 그린 가운데 한 명이 술래 역할을 하는 방식이었다. 원 안에 들어간 술래가 공을 뺏거나 밖으로 쳐내면 찬 사람이 가운데로 들어와서 술래 역할을 했다. 발기술과 짧은 패스 기술을 익힐 수 있는 방식이라서 이혜지도 열심히 했던 훈련이다. 골대 앞에서는 줄을 선 선수들이 슛 연습을 하는 중이었다. 골키퍼와 일대일 상황에서 슛을 넣는 훈련인데 동작들이 낯이 익었다. 이혜지가 피식 웃자 기자가 말했다.

"혜지 시저스 킥 연습 중이네."

"저 온다고 일부러 하는 거 같은데요."

일대일 상황이 되면 골키퍼는 무조건 달려 나와서 슛을 할 각도를 없애려고 한다. 거기에 다급한 마음까지 겹치면 슛은 높이 날아가거나 혹은 골키퍼에게 막혀버린다. 비교적 축구를 늦게 시작해서 기본기가 떨어졌던 이혜지는 그런 상황에 무척 약했다. 그걸 이겨내기 위해 무던하게 노력하다가 우연찮게 본 풋살 경기에서 힌트를 얻었다. 한 외국인 선수가 발기술인 헛다리짚기를 하면서 골키퍼를 속인 후에 뒤쪽에 있는 발을 이용해 대각선으로 공을 살짝 때리는 것을 본 것이다. 하지만 슛이 골대를 비스듬히 빗나가는 일이 많았고, 골키퍼가 헛동작에 안 넘어가면 속수무책이었다. 그래서 영상을 보고 고민하다가 만들어낸 것이 바로 '혜지 시저스 킥'이었다. 몸을 한쪽으로 크게 기울여서 페인팅을 준 후에 반대쪽 발로 공을 감아 차는 방식이다. 그냥 발만 움직이면 노련한 골키퍼가 안 속지만 몸까지 기울이면 따라 움직이게 마련이었다. 그때 감춰진 뒷발로 완전 반대 방향으로 차면 이미 몸이 기울어진 골키퍼는 눈 뜨고 당할 수밖에 없었다. 이걸로 여자 축구 아시안컵 결승전에서 중국을 상대로 결승골을 넣었던 적이 있었다. 이후, 이 방식은 혜지 시저스 킥이라고 불렸다. 감회에 젖어 있던 그녀는 연습을 하던 후배들이 지르는 소리에 퍼뜩 정신을 차렸다. 헐레벌떡 달려온 축구부 후배들이 그녀를 둘러쌌다.

"선배님!"

기자가 격하게 안기는 후배들 사이에서 활짝 웃는 이혜지의 모습을 사진으로 찍었다. 잠시 후, 낯익은 얼굴이 보였다.

"빛나야!"

"오랜만."

학창 시절 라이벌이자 친구였던 김빛나의 목소리를 들은 그녀가 물었다.

"감독으로 왔다는 얘기 들었어."

"작년부터, 은퇴하고 바로 왔어."

"얘기 들었어. 힘든 건 없어?"

"너랑도 지냈는데 뭘."

"그건 그렇지."

"감독님은 언제 만나러 가?"

"내일 내려가게. 하필이면 지방 대학교에 감독으로 내려가서 미안하다고 하시더라."

"여전하시네. 가면 안부 좀 전해줘. 나도 가고 싶은데 다음 주에 또 시합이라."

축구부 후배들은 두 사람이 신나게 웃고 떠드는 모습을 신기하다는 듯 들여다봤다. 김빛나가 깁스를 한 이혜지의 다리를 내려다봤다.

"경기 보다가 깜짝 놀랐어."

"그래도 생각보다 뼈가 잘 붙어가고 있어."

"언제 풀어?"

"두 달 후에."

"재활 훈련은 바로 못 들어가지?"

"엎어진 김에 쉬어간다고, 팀에서도 올 시즌은 포기하고 쉬래."

"그러게. 몇 년 동안 쉬지도 못하고 뛰었잖아."

8월에 프랑스에서 열린 UEFA 여자 챔피언스 리그 결승전을 치르던 중 상대 팀 센터백에게 심한 태클을 당해서 다리뼈가 부러지는 중상을 입었다. 결국 치료를 위해 한국으로 돌아온 이혜지가 처음 축구를 접한 모교인 감천중학교를 방문한 것이다. 서서 대화를 나누던 두 사람은 그늘로 가서 얘기하자는 빛나의 말에 발걸음을 옮겼다. 단상 근처 벤치에 앉자 김빛나가 말했다.

"가을인데 아직도 덥네. 여기 기억나?"

"그럼, 쉬는 시간에 그늘 찾아서 달려왔던 곳이잖아. 그때는 지금처럼 차양이 없어서 조금만 늦으면 땡볕에 있어야 했고 말이야."

그때를 떠올린 두 사람은 정신없이 웃어댔다. 웃음을 그친 김빛나가 이혜지에게 말했다.

"도와줬으면 하는 일이 있어서 불렀어."

"안 그래도 궁금했어. 나 같은 애가 있다고?"

"응, 저쪽."

김빛나가 가리킨 곳은 골대 뒤편이었다. 한눈에 봐도 덩치가 큰 여자아이가 팔짱을 낀 채 웅크리고 앉아 있었다.

"옛날의 나 같네."

"그치."

"상태도 나 같아?"

"더 심해."

김빛나의 대답을 듣고 흥미를 느낀 이혜지는 목발을 짚은 채 그쪽을 바라봤다.

"실력은?"

"덩치를 봐. 별명이 천하장사야. 웬만한 애들은 그대로 튕겨 나가. 초등학교 때부터 여기로 전학 오기 전까지 김천에서 씨름을 했다더라."

"그래서 별명이 천하장사구나."

이혜지의 말에 김빛나가 웃으며 고개를 끄덕거렸다.

"그 덕인지 힘도 좋고, 균형도 잘 잡아서 잘 넘어지지 않아. 발기술은 별로인데, 그거야 가르치면 되는 거고."

"또래보다 키도 커 보이는데?"

"맞아. 그러니까 골문 앞에 딱 박아놓기 좋지. 쟤가 있으면 최소한 수비수 둘은 묶을 수 있으니까. 너처럼 말이야."

"여기도 잘 차는 애들 많잖아."

이혜지의 물음에 김빛나가 얼굴을 찡그리며 고개를 저었다.

"예쁘게만 차려고 해. 요즘 성적이 좋으니까 다른 학교에서 계속 거칠게 나와서 애를 좀 먹고 있거든."

"쟤만 있으면 그 문제가 해결되겠네."

정명섭

혜지의 물음에 빛나가 어깨를 으쓱거렸다.

"남학생들이랑 연습 경기도 해봤는데 안 밀리더라고."

"그럼 뭐가 문젠데?"

"고집이 세고 친구들이랑 어울리지를 못해. 피지컬 보고 어떻게 설득해서 축구부에 들어오라고 하긴 했는데, 훈련 때 계속 못 하니까 저러고 있어."

"그래도 아예 도망치지 않은 걸 보면 축구에 미련이 좀 남아 있는 것 같네."

"그래서 널 불렀어. 너라면 설득할 수 있을 것 같아서 말이야."

"나, 말주변 없는 거 알잖아."

"설득 말고 진심을 전해줘. 저 아이 보면 폭발할 것 같아."

"어릴 때 나같이?"

"더하면 더했지 덜하지는 않지."

빛나의 얘기를 들은 이혜지가 물었다.

"이름은?"

"조소현. 별명은 천하장사랑 미쉐린 타이어."

"잘 어울리네. 내가 저 아이한테 도착하면 공 좀 차줘."

"그러다 귀하신 몸 다치면 어쩌려고?"

빛나가 장난스럽게 묻자 이혜지가 고개를 절레절레 저었다.

"별명이 여자 베컴이신 분이 그러면 안 되지. 잉글랜드 프리

미어 리그에서도 너처럼 정확하게 패스 차주는 애 없어."

"칭찬 감사합니다요. 정성껏 배달해드리죠."

육상 트랙 쪽으로 해서 골대 뒤편으로 간 이혜지는 여전히 화난 표정으로 앉아 있는 조소현의 옆자리에 앉았다. 놀란 표정을 지은 여자아이에게 웃어 보인 이혜지는 김빛나 쪽을 바라봤다. 가볍게 공을 튕긴 빛나가 발을 움직였다. 하늘 높이 날아온 공은 골대 부근에서 한 번 튕기고는 혜지 앞으로 데굴데굴 굴러왔다. 허리를 굽혀서 공을 잡았다. 그리고 손가락에 올려서 빙그르르 돌렸다. 아이가 흥미로운 눈으로 바라봤다.

"네 별명 뭔지 들었어."

"둘 다 마음에 안 들어요."

"이 학교 다닐 때 내 별명이 뭐였는지 아니?"

아이가 고개를 젓자 공을 바닥에 내려놓은 혜지가 말했다.

"시골 마녀였어. 시골 쥐도 아니고 말이야."

여자아이가 풋 하고 웃자 이혜지는 다시 훈련을 시작한 축구부 후배들을 바라보면서 덧붙였다.

"나도 너처럼 괴물이었어. 무슨 뜻인지 알지?"

여자아이가 고개를 끄덕거리자 혜지는 손으로 공을 집으면서 말했다.

"지금은 스트라이커고."

"알아요. 잉글랜드 프리미어 리그에서 활약 중인 한국에서 온

정명섭

마녀잖아요. 팀을 우승으로 이끌었고, UEFA 여자 챔피언스 리그 결승전에도 뛰셨고요."

"맞아. 내가 어떻게 시골 마녀에서 스트라이커가 되었는지 궁금하지?"

질문을 받은 여자아이는 잠시 생각하다가 고개를 끄덕거렸다. 그런 여자아이에게 공을 살짝 던져준 이혜지는 공이 오가는 운동장을 바라봤다.

"내가 처음에 이 학교에 왔을 때도 축구부 선수들이 저렇게 축구를 하고 있었어."

얘기를 하던 이혜지는 눈앞의 풍경이 10년 전으로 서서히 변하는 걸 느꼈다. 천연 잔디에서 인조 잔디로 바뀌었고, 골대도 몹시 낡았다. 유니폼은 지금보다 훨씬 촌스러웠다. 하지만 어제 일처럼 생생했다.

김규석 감독이 호루라기를 불자 흩어져서 운동을 하던 축구부 여학생들이 모여들었다. 그녀들이 모두 모이자 김규석 감독은 옆에 서 있던 이혜지의 어깨에 손을 올렸다.

"인사해라. 오늘부터 축구부에 합류할 이혜지야."

김규석 감독의 얘기를 들은 여자 선수들이 웅성거렸다. 그도 그럴 것이 남자처럼 짧게 깎은 머리에 까무잡잡한 피부, 그리고 중학교 2학년이라고는 믿어지지 않을 정도로 우람한 체격 때문이었다. 술렁거린 축구부 여학생들 사이에서 남자같이 생겼다는 말이 오갔다. 그때, 제일 앞줄에 서 있던 머리를 묶은 여자 선수가 물었다.

"포지션은요?"

"센터 포워드다."

그런 모습을 바라보던 김규석 감독이 방금 질문을 한 여자 선수에게 말했다. 우락부락한 이혜지와는 달리 길고 갸름한 얼굴에 머리까지 길어서 여성스러워 보였다.

"축구를 해본 적이 없다고 하니까 네가 기본 기술을 알려줘라."

"제가요?"

김규석 감독은 반문을 한 여자 선수에게 대답했다.

"응, 그러면 네가 섀도 스트라이커로 뛸 수 있어. 윙어나 폴스 나인으로 뛰고 싶어 했잖아."

잠시 생각하던 여자아이가 고개를 끄덕거렸다.

"알겠습니다."

"난 교장 선생님 좀 만나고 올 테니까 몸 풀고 슈팅 연습들 해. 두 달 후에 대회인 거 알지?"

"네!"

아이들이 일제히 대답하자 김규석 감독이 심각한 표정을 지었다.

"계속 예선 탈락을 해서 교장 선생님 심기가 불편하시다. 무슨 얘기인지 알지?"

이번에도 아이들이 큰 목소리로 '네'라고 대답했다.

"이번 대회에서는 최소한 본선까지는 올라가야 한다. 알았지."

"네!"

우렁찬 대답을 듣고 흡족해진 김규석 감독은 이혜지의 어깨를 툭툭 치면서 말했다.

"가서 애들이랑 볼 차라."

김규석 감독이 떠나고 혼자 남은 이혜지는 쭈뼛거렸다. 그러자 아까 맨 처음 질문을 했던 긴 머리 여자 선수가 다가왔다.

"너, 축구 해본 적 있어?"

"정식으로 해본 적은 없어."

"지난주에 전학 왔지?"

"응."

"어디서 온 거야? 강원도라고 들은 거 같긴 한데."

"영월에서 왔어."

"영월? 거기가 어딘데?"

아이들끼리 강릉이니 춘천이니 하는 얘기들이 오갔다. 서울에 와서 수백 번 넘게 영월에 대해서 설명해야만 했던 이혜지는 살짝 짜증이 났다.

"영월은 정선 옆에 있어."

"어딘지 알아. 탄광 많은 시골."

뒤에 있던 누군가가 큰 소리로 말하자 모두 크게 웃으며 박수를 쳤다. 고향에서 할머니와 잘 지내다가 갑자기 나타난 엄마의 손에 이끌려 복잡하고 낯선 서울로 와야만 했던 이혜지는 짜증이 났다.

"지금은 탄광 없어. 무식한 것들아!"

그녀가 버럭 소리를 지르자 웃고 떠들던 아이들이 일제히 입을 다물었다. 그럴 만도 한 게 이혜지는 또래 아이들보다 머리하나는 컸고, 덩치도 훨씬 커서 남자아이들도 시비를 걸지 못할 정도였다. 거기다 여드름투성이 얼굴에 매부리코라서 인상도 사나워 보였다. 할머니가 귀찮다고 늘 머리를 짧게 깎아주는 바람에 멀리서 보거나 뒤에서 보면 영락없이 덩치 큰 남자로 보였다. 전학을 오자마자 여자 축구부의 김규석 감독이 당장 관심을 가진 것도 바로 그것 때문이었다. 맨 처음 말을 걸었던 여자 선수가 바짝 얼어버린 친구들을 힐끔 보고는 그녀에게 다가왔다.

"미안, 대신 사과할게. 내 이름은 김빛나야."

"누구든, 날 괴롭히거나 놀리면 가만 안 놔둘 거야."

"소문 들었어. 쌍둥이 자매도 이겼다며?"

김빛나의 물음에 이혜지는 잠자코 인상을 찡그렸다. 그런 이혜지에게 김빛나가 공을 차줬다.

"일단 나랑 패스 훈련부터 하자."

정명섭

"내가 왜 해야 하는데?"

"축구는 열한 명이 하는 거니까. 네가 아무리 피지컬이 좋고 공을 잘 찬다고 해도 혼자서는 아무것도 못 해."

"난 축구 하고 싶지 않은데?"

"축구는 아무나 하는 게 아니야. 우리 축구부만 해도 지원자들이 엄청 많아. 그런데 감독님이 다 제치고 너를 뽑았어."

"그런데?"

이혜지가 어깨를 으쓱거리며 묻자 김빛나는 동료가 가지고 있던 축구공을 건네받으며 말했다.

"증명해야지. 다른 지원자들을 제치고 뽑힐 실력이 있는지 말이야."

김빛나가 공을 팅기며 운동장으로 향했다. 이혜지는 투덜거리며 뒤를 따라갔다. 말은 그렇게 했지만 공을 주고받으며 뛰어다닐 수 있는 축구에 상당히 매료된 상태였다. 그래서 축구를 해보지 않겠느냐는 김규석 감독의 물음에 고개를 끄덕거렸던 것이다. 운동장에는 도로에서 흔히 볼 수 있는 빨간색 라바콘들이 일정한 간격으로 세워져 있었다. 라바콘을 사이에 두고 이혜지의 반대쪽에 선 김빛나가 한쪽 발을 축구공에 올려놓은 채 말했다.

"이건 우리 학교에서 기본적으로 하는 패스 훈련이야. 라바콘 사이로 공을 차면서 전진하는 거지."

흥미를 느낀 이혜지가 물었다.

"어떻게?"

"내가 너한테 공을 차면."

짧게 설명한 김빛나가 라바콘 사이로 공을 찼다. 이혜지가 선채로 발을 들어서 공을 잡자 김빛나가 몇 걸음 움직여서 다음 라바콘 사이에 섰다.

"네가 나한테 차는 거야. 여기로."

이혜지는 김빛나에게 공을 찼다. 하지만 라바콘을 살짝 칠 정도로 부정확했다. 몇 발자국 움직여서 겨우 공을 잡은 김빛나가 다음 라바콘 사이로 움직인 이혜지에게 공을 차줬다. 이번에도 공은 거의 정확하게 도달했다. 살짝 기분이 상한 이혜지에게 김빛나가 말했다.

"패스를 하려면 공을 발끝으로 차면 안 돼. 발을 옆으로 해서 툭 밀어 차야 상대방에게 정확하게 갈 수 있어. 이렇게 해봐."

김빛나는 발을 옆으로 해서 공을 미는 것처럼 툭 걷어찼다. 이번에도 공은 이혜지가 서 있는 곳으로 정확히 굴러왔다.

"이걸 인사이드 패스라고 해. 한번 해봐."

이혜지는 김빛나가 하던 대로 발을 옆으로 대서 공을 찼다. 하지만 공이 허공으로 뜨는 바람에 김빛나가 몇 발자국 뒤로 가서야 잡을 수 있었다. 그걸 본 이혜지가 고개를 갸웃거렸다.

"똑같이 찼는데?"

정명섭

"아니, 발만 옆으로 갖다 댔지. 인사이드 패스를 하려면 발을 수평보다 살짝 위로 하려면 발을 갖다 대야 하는데 넌 발끝이 아래로 내려갔었어. 그러면 공 아래쪽에 닿아서 지금처럼 뜨게 되어 있어."

김빛나가 발로 공을 차는 시범을 보여주자 이혜지도 따라서 차는 시늉을 했다. 그걸 본 김빛나가 추가로 설명했다.

"디딤발은 공 뒤쪽에 주먹 하나 정도 간격을 둬야 해. 그리고 차는 발은 수평에서 발끝을 살짝 위로 올려서 차. 이렇게."

설명을 끝낸 김빛나가 공을 차줬다. 이번에도 거의 정확하게 발 앞으로 공이 굴러오자 이혜지는 혀를 내둘렀다.

"천천히, 내가 한 방식대로 차봐."

이혜지는 심호흡을 하고 다시 공을 찼다. 아까처럼 공이 뜨지는 않았지만 정확하게 가지도 않았다. 구경하던 선수들 몇 명이 키득거리는 소리에 짜증이 난 이혜지가 투덜거렸다.

"재미없어. 안 할래."

그러자 이혜지가 다음 라바콘 사이로 공을 차면서 말했다.

"끝까지 한 번만 해보자. 나아질 거야."

지켜보는 아이들의 시선을 생각한 이혜지가 마지못해 공을 찼다. 이번에는 아까보다 조금 나아져서 공이 뜨거나 멀리 가지 않았다. 공을 받은 이혜지가 얘기했다.

"거봐. 연습하면 나아진다니까."

"아이씨."

짜증이 났지만 일단 해봐야겠다는 생각에 이혜지는 다시 공을 찼다. 통통거리며 굴러간 공은 김빛나의 바로 앞으로 향했다. 그렇게 줄지어 세워진 라바콘 끝에 도착하자 김빛나가 방향을 바꿨다.

"이제 발을 바꿔서 해볼 거야. 방법은 아까랑 똑같아."

"한 번만 하자며."

"우린 이렇게 왕복하는 걸 한 번으로 쳐."

어깨를 으쓱거리며 대꾸한 김빛나가 아이들을 쳐다봤다. 아이들 모두 고개를 끄덕거리는 걸 본 이혜지는 인상을 썼다.

"귀찮은데."

김빛나는 그런 이혜지의 중얼거림을 무시하고 공을 찼다.

"이번에는 좀 빨리 찬다."

이혜지는 아까보다 훨씬 빠르게 굴러온 공을 미처 잡지 못했다. 바깥쪽으로 데굴데굴 굴러간 공을 본 김빛나가 말했다.

"집중해야지."

"내가 왜?"

"이유 따위는 필요 없어. 공을 찰 때는 무조건 집중해야 해."

"안 한다고 했잖아!"

버럭 소리를 지른 이혜지는 운동장을 벗어나 벤치로 향했다. 그리고 팔짱을 낀 채 웅크리고 앉았다. 그런 이혜지의 모습을 보던 김빛나가 선수들에게 말했다.

"마무리 훈련하자."

이혜지는 일부러 보지 않으려고 했지만 선수들끼리 패스하라고 하거나 슛하라고 하는 외침이 들릴 때마다 살짝 고개를 들었다. 선수들끼리 공을 주고받고 개인기 훈련을 하는 모습들을 보면서 부러움이 섞인 침을 삼켰다. 고향인 영월에서도 유일한 취미가 바로 공차기였다. 물론 남자애들이 축구 할 때 끼는 정도였지만, 그것만으로도 충분했다. 적어도 공을 찰 때는 덩치가 크거나 남자처럼 생겼다는 비웃음은 당하지 않았으니까 말이다. 선수들은 씩씩거리며 앉아 있는 이혜지 앞에서 훈련을 했다. 얼마 후에 김규석 감독이 돌아와서 김빛나와 얘기를 주고받았다. 잠시 후, 훈련을 끝내겠다는 김규석 감독의 말이 들려왔다. 1학년 선수들이 흩어진 공과 라바콘들을 챙겼다. 그때 김빛나가 라바콘 몇 개를 일렬로 세워놓더니 인사이드 패스 방식으로 공을 차면서 지그재그로 지나갔다. 발로 툭툭 차면서 몇 번 오가던 김빛나는 공과 라바콘들을 그대로 놔두고 떠났다. 웅크리고 앉은 채 지켜보던 이혜지는 감독님과 선수들이 모두 사라진 걸 보고는 조심스럽게 일어났다. 공이 있는 쪽으로 걸어가는데 남자아이들 몇 명이 와서 공을 집어가려고 했다. 당황한 그녀가 소리쳤다.

"내 거야! 놔둬!"

깜짝 놀란 남자아이들 중 한 명이 공을 손에 든 채 말했다.

"이게 왜 네 거야?"

"나 축구부거든, 연습하려고 놔둔 거라니까!"

이혜지가 소리를 지르자 남자아이들 중 한 명이 공을 든 남자아이에게 귓속말을 했다. 그러자 공을 든 남자아이가 살짝 겁먹은 표정으로 공을 떨어뜨렸다.

"네가 시골 마녀였어? 어쩐지."

공을 냅다 골대 쪽으로 던진 남자아이가 도망쳤다. 그러면서 시골 마녀라고 큰 소리로 외쳤다. 쫓아가서 혼내줄까 생각하던 이혜지는 골대 쪽으로 굴러간 공을 집으러 갔다. 공을 발로 툭툭 차서 라바콘 앞에 가져다 놓은 이혜지가 중얼거렸다.

"디딤발은 공 옆에 주먹 하나 간격을 두라고 했지? 그리고 차는 발은 살짝 들어서 밀듯이 앞으로 차고."

아까 김빛나가 얘기해준 대로 발을 갖다 대자 공이 생각한 방향으로 굴러가서 라바콘을 넘어갔다. 얼른 달려가서 공을 멈춘 이혜지는 다시 라바콘 사이로 공을 찬 다음에 달려가서 공을 받는 걸 반복했다. 숨 쉴 틈 없이 몇 번 반복하자 숨이 턱까지 차올랐다. 하지만 하면 할수록 공이 마음먹은 대로 움직였고, 몸은 더 가벼워졌다. 열 번 가까이 왕복한 이혜지는 마지막에 골대를 향해 힘껏 공을 찼다. 빨랫줄처럼 날아간 공은 골대 안의 그물을 세게 때렸다. 그러고도 힘이 남아돌았는지 공은 다시 앞으로 굴러왔다. 심호흡을 하며 달려간 이혜지는 다시 힘껏 슛을

정명섭

날렸다. 그물이 찢어질 것처럼 출렁거렸다. 가슴속에 묵혀져 있던 분노와 서러움이 일시에 사라져버렸다. 이혜지는 도로 굴러오는 공을 보며 중얼거렸다.

"그래, 이게 축구지."

다음 날, 이혜지는 가장 먼저 운동장에 나와서 몸을 풀었다. 그걸 본 김규석 감독이 이를 드러내며 웃었다. 그러면서 골대 뒤편에서 드리블과 슛을 가르쳐줬다. 다른 선수들이 오자 김규석 감독은 주장인 김빛나를 불러서 전술 훈련을 하라고 지시하고는 계속 혜지에게 말을 했다.

"혜지야. 축구는 간단해. 손을 쓰지 않고 열한 명이 팀을 짜서 상대방의 골대에 공을 넣으면 이기는 거지. 그러려면 어떻게 해야 하지?"

"슛을 해야죠."

"맞아. 공을 차서 최후의 수비수이자 유일하게 손을 쓸 수 있는 골키퍼가 지키는 골대 안으로 넣어야 해. 세게 차든지, 상대방을 속이든지 해서 말이야. 그러니까 슛을 하기 위해서는 전술이 필요하단다."

"어떤 전술이요?"

"포메이션이라고도 부르지. 골키퍼를 제외하면 운동장에서 공을 찰 수 있는 사람은 열 명씩이란다. 저쪽 열 명, 우리 열 명."

"알아요."

이혜지가 고개를 끄덕거리며 운동장을 바라봤다. 몸을 푼 감천중학교 여자 축구부 선수들이 양쪽으로 나뉘어 공을 차며 연습 경기를 하는 중이었다. 어서 끼고 싶다는 생각과 잘할 수 있을까 하는 두려움이 함께 범벅이 된 상태였다. 눈으로 공과 선수들을 쫓는 이혜지에게 김규석 감독이 설명을 이어갔다.

"골키퍼 앞에 수비, 미드필더, 공격수들이 자리를 잡는다. 그들의 숫자가 얼마냐에 따라서 포메이션이 달라지지. 4-3-3이나 4-4-2, 3-5-2라는 얘기 들어본 적 있지?"

"네."

"앞에서부터 수비, 미드필더, 공격수 숫자다. 4-3-3은 고전적인 포메이션이자 점유율을 높여서 공격적인 전술을 펼칠 수 있는 방식이지."

"그렇게 복잡하게 해야 하나요?"

"그래야 이길 수 있으니까. 선수가 공만 따라간다고 생각해봐라."

김규석 감독의 설명을 들으며 운동장을 바라보던 이혜지는 쉴 새 없이 오가는 공을 눈으로 쫓다가 고개를 저었다.

"금방 지칠 거 같아요."

"명심해라. 사람이 공보다 빠를 수는 없어. 그러니까 포메이션을 짜고 상대방을 속이거나 제치면서 골대로 공을 보내야 해.

그러기 위해서는 패스가 중요해. 어떻게 보면 슛은 마지막 패스라고 할 수 있지."

"패스를 잘하려면 어떻게 해야 하는데요?"

어제 김빛나와 함께 공을 다뤄봤던 이혜지의 물음에 김규석 감독은 발로 패스를 하는 시늉을 했다.

"훈련이지. 너 어제 빛나가 패스하는 거 받아봤지?"

"네."

"정확하게 발 앞에 떨궈주잖아. 그치?"

이혜지가 고개를 끄덕거리자 김규석 감독이 한창 뛰어다니는 김빛나를 바라봤다. 뛰면서도 가끔 다른 선수들에게 소리를 질러서 위치를 조정해주기도 하고, 자신에게 오는 공을 받아서 앞쪽으로 뿌려줬다. 어떨 때는 직접 자신이 공을 몰고 상대편 골대까지 전진하기도 했다.

"엄청 잘하잖아. 하지만 작년까지는 별로였어."

"얼마나요?"

"너보다 더했어. 그런데 열심히 훈련을 하면서 실력이 늘었지. 그러니까 너도 열심히 하면 좋은 선수가 될 수 있어."

"제가 왜 축구를 해야 하죠?"

갑작스러운 질문이라고 생각했는지 김규석 감독은 잠시 생각에 잠겼다. 축구 하는 모습을 바라보다가 고개를 숙인 이혜지가 물었다.

"제가 바보 같고 불쌍해 보여서 그런 거예요?"

"너, 지금 분하고 억울하지? 나는 그냥 여기 다니고 있는데 아이들이 너한테 뭐라고 그러고 약 올리고 무시하고 그러니까 말이야."

김규석 감독의 말에 이혜지가 힘없이 한숨을 쉬었다.

"시골에서 왔다고 그러잖아요. 그래서 별명도 시골 마녀예요."

"나도 옛날에 강원도 살다가 서울에 왔을 때 별명이 감자였다. 강원도 출신이라는 뜻이지. 너처럼 체구도 크지 않아서 무시당하는 건 둘째 치고 삥도 뜯기고 매도 맞았지. 그때는 참 억울하고 분했단다. 그러다가 축구를 하면서 깨달았지."

"뭘요?"

"나만 잘하면 아무도 무시하지 않는다는 걸 말이야."

"진짜요?"

"그럼, 별명도 감자에서 우뢰매로 바뀌었지."

"왜요?"

예상 밖의 얘기에 이혜지가 묻자 김규석 감독이 껄껄 웃었다.

"번개처럼 빨리 움직이면서 매처럼 공을 낚아챘거든."

"적당한 별명이네요."

"세상은 참 불공평하단다. 그건 예나 지금이나 변하지 않아. 그런데 스포츠, 특히 축구는 정직해."

"훈련한 만큼 성적이 나와서요?"

"거의 100퍼센트. 타고난 천재들도 있긴 하지만 노력과 훈련을 하지 않으면 도태된단다. 반면, 재능이 없어도 노력을 하면 이룰 수 있어. 너, 이렇게 학교생활을 하면 적응 못 할 거야. 하지만 축구를 하면 얘기가 달라지지."

"왕따당하지 않기 위해서 축구를 한다는 건 좀 슬프네요."

"어제, 집에 가지 않고 혼자서 공을 찼다더구나."

"네."

"왜 그랬니?"

"그냥, 공을 차면 마음이 편해져요. 아이들한테 시달릴 걱정을 하지 않아도 되고, 집에 가서 엄마랑 서먹하게 있어야 하는 것도 생각할 필요가 없으니까요."

이혜지의 얘기를 들은 김규석 감독이 손을 머리 위로 들어 손짓했다. 그러자 선수 중 한 명이 공을 찼다. 데굴데굴 굴러온 공을 손으로 잡은 김규석 감독이 이혜지 앞에 놨다.

"그럼 고민할 필요가 없지 않니?"

"그렇네요."

심호흡을 한 이혜지가 고개를 끄덕거리자 김규석 감독이 공을 가볍게 앞으로 차면서 골대 쪽을 가리켰다.

"저쪽이 네 자리다."

"공격수인가요?"

"중앙 공격수다. 영어로는 센터 포워드라고 부르지. 경기를 이길 수 있게 슛을 쏴서 골을 넣어야 한다. 그러려면 드리블도 잘해야 하고, 순간적인 스피드와 볼 트래핑도 남달라야 한다. 무엇보다 상대방의 압박에도 견딜 수 있는 배짱과 체격이 있어야 하지. 후방에서부터 다른 동료들이 고생해서 전달한 볼을 골로 마무리 지어야 하니까 말이다."

"제가 그걸 하라고요?"

"빈 골대에 공을 찼을 때 어떤 기분이었니?"

"세상 둘도 없이 통쾌했어요."

"수비수와 골키퍼를 제치고 슛을 성공시키면 그것보다 수백 배 더 통쾌할 거다. 골을 잘 넣는 센터 포워드를 뭐라고 부르는 줄 아니?"

"아뇨."

"스트라이커. 네 자리는 센터 포워드고, 넌 스트라이커가 될 거야."

김규석 감독의 얘기를 들은 이혜지는 어깨를 으쓱거렸다.

"나쁘지 않네요."

"장담하마. 새로운 세상이 열릴 거다. 그러니까 끝까지 포기하지 마라. 알았지."

"열심히 해볼게요."

"다음 달에 내 후배가 감독으로 있는 초등학교 남자 축구부랑 연습 경기가 잡혀 있다. 열심히 연습하면 그때 투입시켜주마."

정명섭

고개를 끄덕거린 이혜지는 공을 차면서 운동장으로 나갔다. 훈련하던 선수들이 눈을 맞춰주면서 바라봤다. 난생처음 기대 감이 넘치는 눈길을 받은 이혜지는 제일 앞으로 뛰어갔다. 지켜보던 김빛나가 공을 차줬다. 발을 들어서 공을 받은 이혜지는 어제 연습한 인사이드 패스를 했다. 조금 느렸지만 공은 김빛나가 있는 곳까지 정확하게 굴러갔다. 김빛나가 엄지손가락을 치켜들었다. 감독님이 전술 훈련을 하는 동안 이혜지는 김빛나에게 드리블을 배웠다. 라바콘 사이를 누비는 김빛나를 따라 하는 동안 이혜지는 몇 번이고 넘어졌지만, 그때마다 일어났다.

"너, 무릎에서 피나."

지켜보던 김빛나의 걱정스러운 말에 이혜지는 고개를 저었다.

"괜찮아. 더 뛸 수 있어."

고집스러운 이혜지의 표정을 바라본 김빛나가 대답했다.

"무리하지 마. 무릎 다치면 공 못 차."

"알았어. 있다가 끝나고 트래핑하는 거 좀 알려줄 수 있어?"

"그럼."

이혜지의 얘기를 들은 조소현은 아까와는 다른 눈빛으로 바라봤다. 이혜지는 깁스를 한 다리를 가리켰다.

"그때 무릎에 난 상처가 아직 남아 있어."

"흉터가 남았다고요?"

얼굴을 찡그린 조소현에게 이혜지가 웃으며 말했다.

"나한테는 남들만큼, 아니 남들보다 더 열심히 했다는 훈장 같은 거야."

얘기를 들은 조소현이 운동장에서 연습하는 선수들을 바라봤다. 그러다가 이혜지를 바라봤다.

"어땠어요?"

"첫 연습 때? 말도 마라. 하도 공을 위로 차버려서 감독님 목에 담이 걸렸어."

이혜지가 뒷목을 잡는 시늉을 하자 조소현이 낄낄거리며 웃었다. 그런 조소현을 바라보던 이혜지가 말했다.

"그런데 말이야. 공을 찰 때마다 마음이 좋아졌어."

"좋아졌다는 게 무슨 뜻이에요?"

"애매한 표현이긴 한데 말이야. 그때는 마음이 진짜 답답했거든."

"저처럼 중간에 전학 왔다고 들었어요."

"오고 싶지 않았는데 어릴 때 헤어져서 기억도 나지 않는 엄마가 날 데리러 온 거야. 그래서 갑자기 서울로 왔지. 4만 명이 살던 곳에서 1,000만 명이 살던 곳으로 이사를 오니까 정신을 못 차리겠더라고."

이혜지가 눈알을 굴리며 장난스럽게 말하자 조소현은 이를 드러내며 웃었다.

정명섭

"저도 비슷해요. 김천 진짜 좋았는데."

"학교에 오니까 애들이 날 보고 까맣고 덩치가 크다고 고릴라라고 부르더라. 그래서 제일 심하게 괴롭히는 쌍둥이들을 혼내줬지. 그다음부터는 고릴라라고 안 부르고 시골 마녀라고 불렀어."

애기를 들은 조소현이 자기 팔을 만지면서 얘기했다.

"저는 미쉐린 타이어요. 팔뚝이 타이어처럼 뚱뚱하다고 그렇게 부른대요."

"중요한 건 말이야."

이혜지는 옷을 걷어서 자기 팔뚝을 보여줬다. 군살 한 점 없는 근육질 팔을 본 조소현의 눈이 동그래졌다.

"남들이 널 어떻게 부르느냐가 아니야."

"그럼요?"

"내가 날 어떻게 생각하느냐지. 내가 처음에 영국 프로리그로 갔을 때 거기 선수들이 나한테 패스를 하나도 안 해주는 거야, 글쎄."

"진짜요?"

"그래, 내가 아무리 소리를 지르고 좋은 자리를 잡아도 패스가 안 와. 그래서 전반전 끝나고 하프 타임에 라커룸에서 깽판을 쳤지."

"어떻게요?"

"고래고래 소리도 지르고 라커의 문을 발로 차서 부숴버렸어. 그리고 내가 스트라이커니까 나한테 패스하라고, 안 그러면 공 뺏어서 우리 편 골대에 집어넣을 거라고 했지."

"그랬더니요?"

"윙어가 미쳤냐고 해서, 나는 공을 못 차면 미치는 성격이라고 했어. 그러면서 내 별명이 뭔지 아냐고 물었지."

"마녀라고 대답하던가요?"

"몇 명 알고 있더라. 그래서 내가 저주를 내린다고 했어. 그러니까 나한테 패스하라고 했지."

이혜지의 얘기에 조소현이 눈빛을 반짝거리며 물었다.

"후반전에는 어땠어요?"

한숨을 쉰 이혜지가 웃으며 대답했다.

"후반전 시작하자마자 패스가 오더라. 그래서 한 골 넣고 한 골 어시스트를 했지. 그다음부터는 꼬박꼬박 패스가 왔어. 물론 나도 필요할 때 중원까지 내려가서 공을 받거나 어시스트를 해줬지."

"멋있어요."

조소현이 감탄스러운 표정으로 바라보자 이혜지가 소매를 도로 내리면서 말했다.

"그건 내가 스트라이커라서 그래. 운동장에 서면 내 역할이 있고, 그걸 충실하게 해야 한다는 생각을 했기 때문이야."

정명섭

이혜지의 얘기를 들은 조소현이 운동장을 물끄러미 바라봤다.

"전 운동장에 서는 게 무서워요."

"뒤처질까 봐?"

조소현이 고개를 끄덕거리자 이혜지가 고개를 저었다.

"적어도 저긴 공평해. 열심히 해서 실력이 늘면 칭찬받잖아. 저기서는 시골 출신이라거나, 여자같이 생기지 않았다고 손가락질받지는 않아."

"그렇긴 하죠."

조소현이 수긍하자 이혜지가 목발을 짚고 일어났다.

"스포츠는 정직하니까, 내가 땀 흘린 만큼 보상을 받게 되어 있어. 그걸 언제 느꼈는지 알아?"

이혜지는 조소현이 말없이 바라보자 대답했다.

"근처에 있는 초등학교 남자 축구부와의 첫 번째 연습 경기에서 느꼈어."

"어디요?"

"광남초등학교. 몇 년 전에 해체되긴 했는데 우리 때는 엄청 강호였어. 전반전에만 세 골이나 먹혔거든."

"그 경기 뛰었어요?"

조소현의 물음에 그녀가 고개를 끄덕거렸다.

"후반 시작하면서 교체로 들어갔어. 시작은 하프 타임 때부터였어."

하프 타임을 알리는 심판의 호루라기 소리가 들리자 선수들이 하나둘씩 피치로 돌아왔다. 전반전에 뛰지 않았던 이혜지는 물통을 들고 부지런히 다니면서 건네줬다. 김규석 감독이 상황판을 가져다 놓고 선수들에게 말했다.

"야! 기운들 내. 아직 후반전 남았어. 잘 들어. 이혜지!"

물을 건네주던 이혜지가 대답했다.

"네!"

"후반 시작하면 들어간다. 센터 포워드니까 전방에 박혀 있어. 그리고 김빛나."

"예, 감독님."

"조금 더 밑으로 내려와서 중미 자리에 서. 나머지 애들은 공 잡으면 무조건 빛나한테 패스해! 그리고 빛나는 받으면 혜지한테 크로스 올려."

"혜지가 버틸 수 있을까요?"

물을 한 모금 마신 빛나의 물음에 김규석 감독이 열심히 몸을 풀고 있는 혜지를 바라봤다.

"저쪽 센터백이랑 윙백 체격들이 비리비리해. 거기다 3 대 0으로 앞서고 있으니까 분명 잘하는 애들을 빼고 공격 라인을 바짝 올릴 거라고."

김규석 감독이 상황판을 주먹으로 치면서 설명을 이어갔다.

"45분이면 세 골 아니라 네 골도 넣기에 충분한 시간이야. 축구는 휘슬이 울릴 때 끝나는 거지, 선수가 지치거나 포기한다고 끝나는 게 아니야."

목이 말랐는지 물을 벌컥벌컥 마신 김규석 감독이 말을 이어 갔다.

"혜지는 체력도 좋고, 체격도 있으니까 일대일에서 밀리지 않을 거야. 안 그래?"

김규석 감독의 물음에 이혜지는 대답 대신 팔뚝을 걷어서 우람한 팔뚝을 보여줬다. 그걸 본 선수들이 다들 크게 웃었다. 축구화의 끈을 조인 이혜지는 운동장을 바라봤다. 비록 연습 경기라고는 하지만 처음으로 경기에 나서는 터라 긴장감이 어마어마했다. 그러다가 운동장 한쪽 구석 벤치에 얌전히 앉아 있는 엄마를 발견했다. 오늘 시합이 있다고 했지만 바쁘다고 말해서 올 거라고는 생각지도 못했다. 이혜지가 손을 들자 엄마도 조심스럽게 손을 들었다. 가족이 지켜보고 있다는 생각에 용기를 낸 그녀는 발을 풀면서 운동장을 바라봤다.

하프 타임이 끝나고 후반전이 시작되자 이혜지는 바로 운동장 한가운데로 달려가 서서 상대편 골대를 바라봤다. 상대 팀 초등학교 선수들이 여유로운 표정으로 걸어 나왔다. 이혜지의 옆에 선 김빛나가 속삭였다.

"감독님 말대로 잘하는 애들이 빠진 것 같아. 후반전에 해볼

만하겠어."

"공 잘 올려줘. 쟤들 박살내버릴게."

"그래."

축구장으로 들어선 이혜지는 센터 라인의 센터 마크에 서서 공에 발을 올려놨다. 하늘색 유니폼을 입은 상대 팀 선수가 여유 넘치는 표정으로 들어왔다가 이혜지의 덩치를 보고 살짝 겁을 먹은 게 보였다. 씩 웃은 이혜지는 심판이 후반전의 시작을 알리는 호루라기를 불자 공을 살짝 차면서 앞으로 나갔다. 상대 선수가 뒷걸음질 치자 드래그 백으로 공을 뒤로 뺐다. 김빛나가 알려준 개인기였는데 혼자 좁은 장소에서 연습할 수 있는 것이어서 아파트 주차장에서 밤늦게까지 연습했다. 상대방이 당황해서 주춤거리는 게 보였다. 이번에는 공을 앞으로 차는 척하면서 옆으로 뺐다. 그다음에 옆으로 치고 나가는 김빛나에게 인사이드 패스로 공을 건넨 다음 앞으로 달려 나갔다.

"어!"

놀란 상대 선수가 앞으로 나와서 몸으로 막으려고 했지만 이혜지의 어깨에 부딪히자 힘없이 튕겨 나갔다. 쓰러진 상대 선수의 놀란 눈을 뒤로 한 채 이혜지는 상대 팀 골대를 향해 일직선으로 뛰어갔다. 순식간에 공간을 잡아먹은 이혜지는 주변에서 막으라는 상대 팀 선수들의 아우성을 들었다. 그녀의 팀이 전반 내내 밀리면서 제대로 센터 라인을 넘어간 적이 없었기 때문인

정명섭

지 그녀의 돌진에 놀라는 기색이 역력했다. 상대 팀 감독이 막으라고 고래고래 소리를 지르는 게 보였다. 순식간에 골대 근처까지 전진한 그녀를 센터백이 가로막았다. 몸을 바짝 낮춘 채 수비할 준비를 하던 센터백을 본 이혜지는 옆으로 비스듬히 뛰면서 상대방을 유인했다. 주저하던 센터백은 윙백들이 뒤로 돌아가는 걸 보고는 이혜지를 따라왔다. 그사이, 터치 라인 근처에서 상대의 태클을 가볍게 피한 김빛나가 크로스를 높이 올려줬다. 공을 바라보는 상대 팀 센터백을 가볍게 제친 이혜지는 날아오는 공을 가슴으로 트래핑해서 떨군 다음 뒤에 있던 오른쪽 윙백이 달려오는 걸 봤다. 거리를 재던 그녀는 공을 바깥쪽으로 한번 툭 차서 상대방의 태클을 피한 다음 슛을 날렸다. 오른쪽 구석을 노리고 감아 찼는데 몸을 날린 상대 팀 골키퍼의 손에 막혀버리고 말았다. 손바닥에 맞은 공은 골대를 아슬아슬하게 빗겨나갔다.

"아!"

아쉽기 그지없었지만 전반전에는 한 번도 나오지 않은 유효 슈팅을 본 선수들의 사기가 올라가는 게 느껴졌다. 반면, 마음 놓고 후반전에 나왔던 상대 팀 선수들이 당황하는 게 눈에 보였다. 골키퍼가 쳐낸 공이 밖으로 나갔기 때문에 감천중학교에서 코너킥을 얻었다. 김빛나가 자기가 차겠다고 신호를 보내며 코너 아크로 향했다. 그녀가 공을 찰 준비를 하는 동안 이혜지는 상대 팀 골문 바로 앞에 섰다. 센터백과 윙백들이 둘러쌌지만 체구와 키에서 모두 그녀에게 미치지 못했다. 공을 차라는 심판의 호루라기가 울리자 김빛나가 공을 감아 찼다. 높이 뜬 공은 골대 쪽으로 휘어져서 들어왔다. 한 달 동안 계속 연습했던 방식이라 이혜지는 견제하는 상대 팀 선수들을 뿌리치고 몸을 띄웠다. 공은 정확하게 머리 앞으로 떨어져서 갖다 대는 걸로 충분했다. 머리에 맞은 공은 골대 구석으로 향했고, 이번에도 상대 팀 골키퍼가 몸을 날렸지만 아슬아슬하게 놓치고 말았다. 골키퍼의 손끝을 아슬아슬하게 스치고 골라인을 넘어간 공이 그물에 감기는 걸 본 이혜지는 두 팔을 벌리며 기뻐했다.

"골이다! 골!"

전반전 내내 무기력하게 끌려갔던 선수들은 두 팔을 치켜들며 기뻐했다. 이혜지는 얼이 빠져 있는 상대 팀 골키퍼를 지나 공을 집어서 옆구리에 끼고 센터 서클로 뛰었다. 코너 아크에서 달려온 김빛나가 주먹을 불끈 쥐며 기뻐하는 걸 본 이혜지가 손가락 두 개를 펼쳤다.

"이제 두 골만 넣으면 동점이야! 동점!"

"세 골 넣으면 우리가 이기는 거고!"

상황이 심상치 않게 돌아가자 상대 팀 감독이 남은 교체 카드를 써서 공격수들을 빼고 수비수들을 집어넣었다. 상대 팀 라인이 눈에 띄게 뒤로 물러난 걸 본 이혜지는 센터 마크에 공을 올

정명섭

려놓으며 중얼거렸다.

"라인을 내린다고 우리를 막을 수 있을 것 같아?"

재개를 알리는 호루라기 소리가 들리자 이혜지는 직접 공을 몰고 들어갔다. 당황한 상대 수비들이 몰려오면서 김빛나가 마크를 받지 않고 상대 진영 안으로 들어갈 수 있었다. 이혜지는 인사이드 패스로 김빛나에게 공을 건넸다. 그리고 비스듬하게 상대방 진영을 파고들었다. 공을 받은 김빛나가 옆에 붙은 동료와 패스를 주고받으며 상대의 수비 라인을 돌파한 다음에 앞쪽으로 떨어지는 얼리 크로스를 날렸다. 순간적으로 속도를 높인 그녀를 전담 마크하는 센터백이 따라붙었다. 하지만 전반부터 계속 뛰었던 센터백은 이혜지의 속도를 따라오지 못했다. 한 끗 차이로 공을 건드리지 못했지만 이혜지는 박수를 치면서 돌아섰다. 그러면서 중얼거렸다.

"이게 축구구나."

그때의 기억을 얘기해주던 이혜지에게 조소현이 물었다.

"그날 어땠어요?"

"4 대 3으로 역전승했어. 3골을 따라붙었고, 마지막 추가 시간에 페널티 킥을 얻었는데 빛나가 멋지게 성공했지."

"3 대 0으로 뒤지다가 후반전에만 4골을 넣은 셈이네요."

"연습 경기였지만 상대가 워낙 잘하는 팀이라 금방 소문이 났어. 감천중학교에 상대 팀의 뚝배기를 깨는 마녀가 들어왔다고 말이야."

"우와! 멋져요. 선배님."

"그게 스포츠고 축구지. 지금도 종종 생각해."

목발을 짚고 운동장 쪽으로 다가간 그녀가 이리저리 뛰는 후배 선수들을 보면서 덧붙였다.

"아마 말썽꾸러기로 지내다가 학교도 제대로 다니지 못했겠지. 운명은 때로는 아주 우연찮게, 그리고 일찍 결정될 때가 많아."

그녀의 얘기를 들은 조소현이 한숨을 쉬었다.

"겁나요."

"뭐가?"

"전부 다요."

조소현의 대답에 이혜지는 발 앞에 덩그러니 놓은 축구공을 바라봤다.

"그럼 됐네."

"뭐가요?"

조소현의 반문에 이혜지는 운동장을 가리켰다.

"답은 저기에 있어. 죽기 살기로 뛰어봐."

"그럼 뭐가 바뀌나요?"

"많이. 아주 많이. 용기를 내봐. 나처럼 말이야."

그 시절의 시골 마녀로 돌아간 이혜지의 얘기에 주저하던 조소현이 고개를 살짝 끄덕거렸다.

"그럼 한번 해볼게요."

"잘 생각했다. 공 몰고 운동장으로 들어가."

"네."

환하게 웃은 조소현이 공을 몰면서 운동장 안으로 들어갔다. 그걸 지켜보던 김빛나가 호루라기를 불면서 박수를 쳤다. 그러자 연습을 하던 후배 선수들이 운동장으로 들어서는 조소현에게 박수를 쳐줬다. 그 광경을 바라보던 이혜지 역시 목발을 겨드랑이에 끼운 채 박수를 쳤다. 그리고 나지막하게 중얼거렸다.

"축구의 세계에 온 걸 환영해."

이 이야기의 모티브가 된 것은 박은선 선수 사건이다. 2013년 여자 프로축구리그인 WK리그 6개 팀의 감독들이 서울시청 소속 박은선 선수의 출전을 금지시켜 달라고 청원하는 사건이 벌어진 다. 박은선 선수의 피지컬이 압도적이고 여성스럽지 못한 외모 라서 남성일 것이라는 추측성 이유였다. 이 사실이 알려지면서 사람들은 크게 당황하고 놀란다. 박은선 선수는 국가대표로 여 러 번 출전했기 때문에 성별 문제로 시비가 걸릴 줄은 아무도 몰 랐다. 거기다 실력이 압도적으로 좋다는 이유만으로 타 팀이 보 이콧을 시도한다는 것은 보통 사람들은 상상조차 할 수 없는 일 이다. 결국 비난 여론이 거세지자 출전 금지 요구는 철회된다. 하 지만 당사자인 박은선 선수와 그의 팬들이 받은 상처는 치료되 지 않았다. 예전에 관련 기사를 보고 마음에 담아놓고 있다가, 이 번 앤솔러지에 참여하게 되면서 다시 기억 속에서 끄집어냈다.

지방에서 전학 온 이혜지에게 서울은 악몽이자 지옥이었을 것 이다. 갑작스러운 환경의 변화는 아이뿐만 아니라 어른들에게도 견디기 힘든 법이다. 그런 혜지에게 축구공이 굴러온다. 그 공을 제대로 찰 줄 알면 혜지는 더 이상 '시골 마녀'라는 놀림을 받지 않아도 될 것이라고 믿는다. 그게 바로 스포츠의 본질이다. 정정당당하게 겨루고, 그 결과에 승복하는 것. 무한 경쟁의 시대에서는 정정당당함도 사라지고, 승복하는 모습 역시 보기 힘들다. 한 번의 패배가 모든 걸 앗아가니까. 하지만 스포츠는 한 번의 패배 뒤에 다음 경기가 있다. 여러 번 경기를 하고 승패를 쌓아가면서 순위를 정하는 것이다. 그래서 박은선 선수의 출전을 금지시켜 달라는 주장에 사람들이 분노했던 것이다. 스포츠만큼은 순수하게 경쟁하기를 바랐기 때문이다. 그래서 삶이 힘들어질수록 스포츠에 열광하고 있다.

우리의 일상은 아직 차별로 가득하다. 사는 지역과 성별, 종교에 따라서 서로 증오하고 외면하며, 아무런 이유 없이 손가락질을 한다. 하지만 예전보다 나아진 것은 분명하고, 앞으로 더 나아질 것이라는 사실을 믿어 의심치 않는다. 아울러, 「나는 스트라이커!」를 읽고 남과 다르다는 이유로 손가락질을 받아야만 했던 이혜지는 상상 속이 아니라 우리 곁에 있다는 사실을 기억해줬으면 하는 바람이다.

정명섭

달고나, 예리!

● 임지형 ●

임지형

'장르가 임지형'이란 말을 들을 만한 작품을 쓰기 위해 매일 읽고, 쓰고, 달리며 산다. 샤넬이 샤넬답게 살았기에 멋지고 아름다웠듯, 임지형도 임지형답게 살고 싶다. 가장 나다운 삶은 오래오래 좋은 향으로 남을 작품을 쓰는 거라 생각한다. 그것만이 오늘을 사는 힘이다. <채널 동화처럼>이라는 유튜브 채널에서 동화책을 소개하며 독자와 즐겁게 소통하고 있다. 2008년 무등일보 신춘문예로 등단했으며, 2009년 제1회 목포문학상을 수상했고, 2011년 광주문화재단과 2013년 한국예술인복지재단에서 창작 지원금을 받았다. 지은 책으로 『리얼 게임 마스터 한구호』 『영화 속 그 아이』 『저 책은 절대 읽으면 안 돼』 『방과 후 초능력 클럽』 『돌아온 유튜브 스타 금은동』 『우리 반 욕 킬러』 『늙은 아이들』 『우리 반 코코 샤넬』 등 다수의 책이 있다.

"나…… 자퇴할래."

일요일, 나는 늦은 아침상을 마주하고 엄마에게 선언하듯 말했다. 내 한마디에 꽃샘추위도 다 가신 4월 봄기운이 밥상 위에서 얼어붙는 것 같았다.

다이소에서 산 3,000원짜리 도기 그릇에 밥을 말아서 한술 뜨던 엄마가 숟가락을 내려놓았다. 하긴 딸이 느닷없이 자퇴한다고 하는데, 밥이 넘어가는 것도 이상할 거다.

"왜."

엄마가 물음표를 뗀 채 저음으로 물었다. 의외로 차분했다. 순간 내가 불안해졌다. 급하게 마른침이 넘어갔다. 분명 저 차분함은 페이크겠지. 나를 보는 저 눈빛은 금방이라도 '나예리! 너!'라고 폭발할 기세다. 지금 엄마는 초인적 인내심으로 참고 있는 것이 틀림없다. 지난밤에 TV 예능에서 나온 앞머리를 바짝 세운 상담가 아줌마의 조언이 이렇게 효과를 발휘하는구나.

'아이들에게 먼저 소리치기 전에, 아이가 왜 그러는지를 먼저 알아야 해요.'

엄만 그 상담 선생님의 말에 충실하게도 내가 '왜' 자퇴를 하고 싶은지 먼저 알고 싶은 모양이었다. 하지만 문제는 나다. 엄마가 원하는 대로 이유를 내놓고 싶지만 내놓을 수가 없다. 이유는 간단하다. 나도 내 마음을 잘 모른다.

그래서 더 미쳐버리겠다. 머릿속에 오만가지 생각과 감정이 떠다니는데 그걸 표현하진 못하겠다. 대신 누가 쿡 찔러주기만 해도 두 시간 17분은 소리 지르고, 욕하다가 펑펑 울어버릴 수 있을 것 같다. 하지만 누가 나한테 왜 그러느냐 물어보면 한 마디도 못 하겠다. 아무래도 나는 고장 난 것 같다. 아니다. 나는 고장 났다.

"왜!…… 자퇴하고 싶냐고?"

내 대답을 기다리던 엄마가 한 번 더 물었다. 이번엔 아까보다 말은 더 길었고 힘은 더 실렸다. 꼭 어금니를 앙다물고 말하는 것 같았다.

"몰라."

"몰라? 모르는데 자퇴를 하고 싶다고?"

좀 전보다 엄마의 목소리가 한 옥타브 더 올라갔다. 인내심이 거의 임계치에 도달한 듯했다.

임지형

"응."

"너! 그게 말이 된다고 생각해?"

"왜 말이 안 되는데?"

"허허, 기가 막혀서 정말 말이 다 안 나오네. 너 왜 그래? 왜 갑자기 이러는데? 뭐 필요한 것 있어? 아니, 나한테 원하는 게 뭐야? 말해봐. 네가 원하는 거 들어보고 엄마가 들어줄 수 있으면 들어줄게. 말해. 말해봐! 왜 말이 없어? 아니, 그 흔하다는 중2병도 없던 애가 왜! 느닷없이 이러느냐고?"

역시 조금 전 차분했던 엄마의 얼굴이나 말투는 페이크였다. 아님 이제 임계치를 넘었든지. 엄마의 말이 두배속으로 빨라지면서 다그치고 회유했다.

"그걸 내가 알면 이렇게 말하겠어? 나도 모른다고. 몰라서 그러는 거라고."

쥐도 궁지에 몰리면 고양이를 무는 법이다. 엄마가 다그치고 회유하자 나도 모르게 버럭 소리를 질렀다. 방귀 뀐 놈이 성낸다는 말이 딱 맞는 형세였다. 그러자 엄마가 잠시 나를 멍하니 쳐다봤다. '이런 애가 내 딸이었어? 애가 정말 왜 이러는 걸까? 분명 말 못 할 고민이라도 있는 게 분명해!' 엄마의 눈빛은 말없이 그렇게 이야기하고 있었다.

"좋아! 그럼 이렇게 하자. 네가 왜 자퇴를 하고 싶은지 이유를 찾아내면 허락해줄게. 아니할 말로 자퇴가 조퇴도 아닌 마당에

말 한마디로 허락해줄 수는 없지 않아? 이건 세상 어떤 엄마도 마찬가지야. 그러니까 자퇴하고 싶으면 이유를 찾아와. 그럼 들어보고 그때 이야기 나눠. 그게 최소한의 예의가 아니겠니?"

엄마는 퉁퉁 불은 밥이 담긴 콩나물국에 숟가락을 넣었다. 그런 후 크게 한 숟가락 뜨더니 입 안에 넣었다. 엄마의 볼은 금방 불룩해졌다. 그 입 안으로 이번엔 큰 깍두기 하나를 집어넣었다. 한쪽 볼이 빵빵해져 금방이라도 터질 것처럼 보였다. 하지만 엄마는 더없이 태연한 모습으로 음식을 와그작와그작 씹었다. 씹는 소리만 들으면 ASMR처럼 꽤 좋았다. 분명 입맛이 떨어졌는데도 내 입 안에 침이 고였다.

나도 먹다 만 밥에 젓가락을 댔다. 몇 알을 집어 입 안에 넣었다. 좀 전에 침이 고인 것과는 상관없이 밥알이 모래알처럼 까슬까슬했다. 하기야 소기의 목적을 달성도 못 했는데 밥이 목구멍으로 넘어가겠어. 나는 깨작거리던 젓가락질을 멈췄다.

자리에서 일어나 밥그릇과 국그릇을 들고 싱크대로 가져갔다. 음식물 쓰레기통에 먹던 것들을 붓고 개수대 안에 그릇을 집어넣었다. 엄마는 계속 밥을 먹었다. 평소라면 잔소리가 나오고도 남을 시간인데 아무 말이 없으니까 더 신경이 쓰였다. 침착해! 그냥 지나가는 거야. 얼른 내 방 앞으로 갔다. 그러다 혹시나 하고 벽 쪽에 붙어 주방 쪽을 바라봤다.

엄마는 이제 개수대 앞에서 그릇을 비우느라 등을 돌리고 있

임지형

었다. 단단한 벽처럼 돌아선 엄마 등을 보니 그 자리에 있는 건 불필요한 일이었다. 나는 곧장 내 방으로 들어갔다. 그리고 더 생각할 것도 없이 침대에 벌러덩 누웠다.

'왜 자퇴하고 싶은지 이유를 찾아내. 그럼 허락해줄게.'

조금 전 엄마가 했던 말들이 방 천장 위에 붙어 있는 형광별에 박혀 나를 쳐다보고 있었다. 결국 내 자퇴는 이유를 찾아내기 전까지는 유보다. 그 생각을 하니 괜스레 마음이 다급해졌다. 당장이라도 이유를 찾아내야 할 것 같은 압박감도 짝패처럼 다가왔다.

"자퇴를 하고 싶은 이유……라."

"아, 씨발 존나 힘들어. 내 다리 좀 봐. 완전 무다리가 아니라 통나무 같아."

"네 다리 원래 그런 거 아니고?"

"아니거든. 내가 이 그지 같은 길을 다니다 보니까 이렇게 된 거라고."

"그러기엔 너 처먹는 양 장난 아녀."

"아, 뭐래?"

"좋아, 좋아. 인정! 내 다리도 이젠 그냥 노점상에라도 내놔야 할 판이다. 봐라, 그 날씬하고 쭉쭉 뻗어 있던 내 다리가 이게 다 뭐냐? 아고, 힘들어라."

등굣길이었다. 내 앞에서 어기적거리며 걷던 선배들의 말이
귀에 쏙쏙 들어왔다. 우리 학교는 교문에서 본관까지 가는 길
의 경사가 꽤 심한데, 거짓말 살짝 보태자면 누가 길 뒤에서 받
치고 있는 것처럼 비탈졌다. 얼마나 가파른지 오를 때마다 매일
등산하는 기분이었다. 족히 100미터 정도 되는 길이라 아래서
부터 위까지 다 오르고 나면 어질했다. 그리고 어느새 종아리는
뭉치고 뻣뻣해져 평지를 걸어도 후들거렸다.

'맞아! 이 길 때문이야. 내가 자퇴하고 싶은 건 이 길! 바로 이
험난한 길 때문이라고!'

앞서 걷던 선배들 말에 속으로 '유레카'를 외쳤다. 그랬다. 어
제 하루 종일 골머리를 앓으며 찾아내려던 자퇴 이유가 내 발
앞으로 와 멈췄다. 세상에, 믿기지 않았다. 솔직히 이렇게 빨리
자퇴 이유를 찾아낼 거라곤 상상도 못했다.

'역시 난 자퇴할 운명이었던 거야. 음하하.'

본관 앞 평지에 도달해 속으로 낄낄댔다. 선배들만큼이나 나
도 다리가 아파 오색찬란한 욕이 마구 쏟아지려던 찰나였는데
도 욕 대신 웃음이 나왔다. 게다가 어제 영혼까지 끌어 모아 용
기를 내 자퇴하겠다고 선언하고 나니 마음이 이상해져 있었다.
당장이라도 자퇴하지 않으면 살 수가 없을 것 같은 그런 기분이
라고나 할까. 아침에 집에서 나오는 길이 너무 싫었다. 마치 사
형을 앞둔 죄인이 단두대로 끌려가는 것 같은 기분이 들었다.

　　　　　　　　　　　　　　　　　　　　임지형

마음 같아선 피하거나 어딘가로 도망가고 싶었다.

하지만 자퇴 이유도 찾지 못한 채 자퇴할 수 없는 노릇이었다. 그래서 일단 꾹 참고 학교로 왔더니 이런 일이 생겼다. 참는 자에게 복이 있구나. 옛말이라고 치부했는데 아니었다. 나는 기분 좋게 씨익 웃으며 휴대폰을 들여다봤다. 지금쯤이면 엄마도 출근했겠지? 먼저 문자라도 보내놓을까?

쇠뿔도 단김에 뺄 기세로 막 문자를 보내려는데, 손가락이 멈췄다.

"뭐라고? 그 길이 힘들어서 자퇴한다고? 그게 말이 되니? 내가 봤을 때 그 길은 좋은 길이야. 왜냐고? 평소 운동 안 하는 너희들한테 따로 시간 뺄 필요 없이 운동을 시켜주잖아. 그런 고마운 길한테 고맙다는 인사는 못 할망정 어디서 자퇴를 한다는 거야! 안 돼."

아직 한 글자도 쓰지 않았는데 이상하게 엄마가 내게 보낼 답장이 예상됐다. 우리 엄마라면 능히 그러고도 남았다. 사실 좀 전에 떠올린 말은 입학식 때 엄마가 엇비슷하게 했던 말이었다.

"우아, 이 길은 우리 극기 훈련시키려고 있는 거야? 왜 이렇게 가팔라?"

"예리, 너 평소 운동 부족인데 잘됐네. 넌 일부러라도 이 길을 몇 번 왔다 갔다 해. 그럼 체력 좋아지겠어."

엄마는 엄마가 걸을 길이 아니라고 정말 태연하게 말했었다. 그 생각을 하니 입맛이 바로 써졌다. 일단 문자 보내는 건 좀 미루기로 했다.

교실로 들어서자마자 깜짝 놀랐다. 반 아이들이 모두 책상에 앉아 있었다. 내 자리만 비어 있었다. 그리고 아무도 그것을 신경 쓰지 않았다. 마치 내 자리가 비어 있는 것이 당연한 것처럼 보였다. 지독하게 불편한 마음이 밀려왔다. 나를 반기지 않는 서른일곱 명의 아이들을 지나서, 나를 반기지 않는 자리에 앉는다? 이거야말로 자퇴 이유 중의 하나가 아니라면 더 이상 뭐가 있을까?

아마존 밀림을 통과하는 초식동물의 기분으로 빈 내 자리를 찾아가 앉았다. 첫 시간이 무엇인지도 잘 모르겠다. 손에 잡히는 책을 아무렇게나 펴놓았다.

"나예리. 다음 읽어봐."

영어 선생님의 목소리다.

"야, 나예리. 다음 부분 읽어보라고."

뭐라는 거지?

"쟤가 눈 뜨고 자는 거야? 왜 저래? 옆에 짝꿍, 나예리 좀 흔들어 깨워봐."

압축된 시간이 갑자기 흘러가듯 순간 정신이 들었다. 나는 얼른 책을 들고 일어섰다. 어디서부터 읽어야 하더라?

"어. 그······."

얼굴이 붉어지는 것이 느껴졌다. 선생님은 어이가 없는 표정으로 나를 봤다.

"나예리 씨. 못 읽으시겠지요? 당연하지요. 영어 시간에 비문학 문제집을 펴들고 일어섰으니 읽으실 수가 없지요."

아이들이 킥킥거리며 웃는 소리가 마음에 날아와 박혔다.

"앉아. 어쩔 수 없네. 한희! 네가 나예리 대신 읽어봐."

이건 더 싫다. 한희의 짜증과 원망 섞인 눈빛이 내게 날아왔다. 이럴 때면 내 이름이 저주스럽다. 한희와 나예리. 나는 알지도 못하는 오래된 애니메이션 〈달려라 하니〉의 주인공, 악역 이름과 비슷했다. 그 이유만으로 선생님들은 나와 한희를 엮었다.

"Do you have a role model? ······Yes, I do. ······I think role models influence our lives in a positive way by giving us dreams, hopes, and lessons."*

한희가 천천히 다음 부분을 읽기 시작했다. 멈췄던 수업이 이어졌다.

사실 한희와 나는 같은 중학교 출신이다. 친한 사이는 아니었다. 운명의 장난처럼 엮인 이름 탓에 우리는 서로 피곤했다. 게다가 한희는 중학교 내내 무리에 끼지 못하고 겉도는 아이였다.

---

* 천재교육 고1 영어 교과서 본문 중

나는 친한 친구들과 나름 인싸 생활을 했었다. 그런데 고등학교에 올라오자 모든 것이 뒤바뀌었다.

나는 엄마 등쌀에 중학교 친구들과 헤어져 명문이라는 이 학교로 진학을 했다. 그야말로 낯선 곳에 혼자 뚝 떨어진 기분이었다. 한희가 나와 같은 학교로 왔다는 것은 입학하고서야 알았다.

내가 고등학교에 적응하기 힘들어했던 것과는 달리, 한희는 아이들과 참 잘 어울렸다. 자신의 과거를 세탁이라도 하듯이 다른 아이들에게 살갑게 굴었다. 나는 그런 한희가 더욱 낯설었다. 반대로 나는 무척 바보 같다는 자괴감에 빠졌다.

자퇴의 이유가 하나 또 생각났다. 나는 친구가 없다.

엄마와 2차 회담을 가졌다. 지금까지 몇 개 발견한 자퇴 이유를 일단 투척했다. 그중에 하나라도 걸리라는 심정으로 말했지만, 하나도 걸리지 않았다. 대신 엄마한테 아주 무심하면서도 냉정한 한마디 말만 들었다.

"나예리! 지금 말한 이유들, 네가 생각해도 좀 아닌 것 같지 않니? 너도 고등학생 정도 돼서 세상이 그렇게 만만한 데가 아니라는 것쯤은 알 테니까 길게 말 안 할게. 이렇게 잔잔바리한 이유로 자퇴를 하는 건 납득이 안 돼. 자퇴하고 싶으면 다시 나를 납득시킬 만한 이유를 찾아와."

임지형

혹시나 했던 일이 역시나로 끝나자 멘붕이 왔다. 마지막 돌만 얹으면 완성되는 돌탑이 와르르 무너진 느낌이었다. 한동안 말이 안 나왔다. 희망에 부풀어 있던 내 마음이 쭈글쭈글해지는 건 한순간이었다.

"나예리, 지금은 굉장히 중요한 시기야. 이제 곧 대학을 가야 하는데 학교를 그만두면 여러모로 힘들어져. 그러니까 마음을 좀 잡아봐. 네가 조금이라도 마음을 잡겠다면 1학기 땐 공부하지 않아도 엄마가 이해할게. 학교 수업 끝나면 네가 원하는 대로 하고 싶은 거 하며 지내. 너 대한민국에 있는 고등학생들 중 어느 누구도 그렇게 자유롭게 살 수 없다는 거 알지? 네가 마음을 잡는 대신 나도 눈 딱 감고 봐줄게. 어때?"

'어때?'라고 말하는 엄마의 표정이 꽤 절제돼 있었다. 자녀 교육에 잘 훈련된 자애로운 전문가의 표정이 따로 없었다. 그 상황에서 더 이상 무슨 말을 하는 건 무리였다. 내가 아예 독립해서 나갈 생각이 아니라면 말이다.

시작은 창대했으나 끝은 미미해진 자퇴 선언은 그렇게 마무리 지어졌다. 아니 지어지는 척했다. 지금 당장 엄마를 설득할 수 없었다. 대신 마음속으로 결심했다. 반드시 엄마가 납득할 이유를 찾아서 자퇴할 테다.

'가야 할 때가 언제인가를 분명히 알고 가는 이의 뒷모습은 얼마나 아름다운가'라고 했던가. 자퇴를 하겠다고 확실히 결심하고(물론 아직 엄마의 허락을 받지 못했지만) 교실에 앉아 있으니 풍경이 달라졌다. 내 자리라고 생각했을 때는 어색하기만 하더니, 애초 내 자리가 아니었다고 생각하니 그럭저럭 참을 만했다. 버스 정류장 의자가 편하지 않다고 화내지 않는 것과 같았다.

"이번 수행평가는 세 명씩 조를 이루어서 준비해야 하는 거 알지요? 조별로 역할을 분담해서 자료 조사하고, 발표 준비를 해야 합니다. 무임승차는 금지예요."

선생님의 말이 끝나자 아이들은 바쁘게 무리를 만들었다. 나는 멍하니 있다가 마지막에 한 명이 부족한 곳에 들어갔다. 동현이, 나 그리고 한희가 한 조가 되었다. 이것도 운명이라면 운명이라고 해야 하나? 하필 또 한희와 같은 조라니. 그래도 이번이 마지막이라고 생각하니 참을 만했다.

"각 조는 조장을 정하세요. 조장은 앞으로 나와서 활동 주제 카드를 뽑을 거예요. 토의 시작."

우리 조는 시작부터 한숨을 내쉬었다. 존재감 없는 나와 불편함의 아우라를 폴폴 풍기는 한희, 그리고 두 여학생 사이에서 어쩔 줄 모르는 동현이까지. 토의가 진행될 리 만무했다.

"어. 그러니까. 한…… 아니, 예리야. 조장 어떻게 할까?"

동현이는 한희를 향해 입을 열었다가 황급히 내게 고개를 돌려 물었다. 평소 싹싹한 표정의 한희가 아니어서 놀란 모양이다. 그나저나 얘가 내 이름을 부른 것이 이번이 처음일 거다. 내

임지형

기억이 맞는다면. 내가 막 대답하려는데 한희가 먼저 나섰다. 목소리엔 서리가 끼어 있었다.

"나는 누가 하든 딱히 불만 없어."

저 말은 자신은 조장할 생각이 한 방울도 없다는 뜻이다. 그러니 동현이와 나 둘 중 한 사람이 조장을 하라는 거겠지. 한희가 정말 많이 변했구나 싶었다. 중학교 때는 이렇게 강단 있는 면이 있는지 몰랐다.

"아, 어…… 나도 이번에 학원을 하나 더 늘리는 바람에 조 활동이 쉽지 않을 것 같은데."

동현이도 우물거리며 조장은 못 하겠다는 투로 말했다. 얘들 뭐지? 조장 안 하겠다고 뒷거래라도 하고 왔나? 귀찮은 일은 빨리 손절하는 게 낫겠지. 그렇지만 그걸 나보다 더 빨리 하다니. 왠지 지는 느낌이었다. 하지만 난 어차피 곧 자퇴할 거다. 그래, 이번 참에 내가 조금 더 마음을 쓰지. 유종의 미라는 것도 있잖아?

"알았어. 그럼 조장은 내가 할게. 대신 너희들이 잘 도와줬으면 좋겠어."

한희는 말없이 고개를 끄덕였다. 동현이는 조금 전처럼 약간 우물쭈물하면서 동의했다.

"자, 각 조 조장은 나와서 활동 주제 카드를 뽑으세요."

내가 뽑은 카드에는 '1인 방송인'이라고 적혀 있었다. 요새 우리 또래가 가장 만만하게 생각하면서도, 성공하기 쉽지 않은 직업 중 하나였다. 반에서 몇 명은 이미 초딩 때 유튜브에 브이로그를 올린 아이들도 있었다. 결과는 기억하기 싫은 흑역사일 뿐인데 그런 찌질하고 오글거리는 초딩 시절을 남에게 보인다니. 생각하면 끔찍하기만 했다.

"이거 어떻게 발표해야 할까?"

내 말에 동현이는 머리를 긁적거리며 말했다.

"유튜버나 트위치 스트리머 인터뷰해볼까?"

"아는 사람 있어? 너무 무명이면 그것도 곤란하잖아."

"방송 보면 한 일곱 명은 들어와서 보던데."

"혹시 니 친척 형이나 삼촌 그런 사람이면 죽는다."

내가 싸늘하게 말하면서 웃었다.

"안 되겠구나. 미안."

"진짜 형이나 삼촌이었냐?"

동현이는 얼굴이 붉어졌다. 얘도 정상은 아니구나. 1인 방송인이 어떤 일을 하는지는 인터넷만 뒤져도 수없이 나온다. 하지만 실제로 만나서 어떤지 목소리를 듣는 것은 쉽지 않은 일이었다.

"나 아는 분이 유튜버야. 구독자가 10만 명 정도. 현실적으로 인터뷰나 조언도 가능해."

그때 우리를 살린 것은 한희였다. 어떻게 그런 사람을 알고

임지형

있는지는 별로 궁금하지 않았다. 일단 문제를 해결한 것에 박수라도 치고 싶은 마음이었다.

"잘됐네. 우리가 만나볼 수 있다는 거지?"

"이따가 메시지 한번 보내볼게."

그 뒤로는 생각보다 정리가 쉬웠다. 아이들이 유튜버에게 궁금해하는 점을 조사해서, 인터뷰할 때 물어보기로 했다. 그 후 현실적 직업인으로서 유튜버에 대해 각자의 의견을 정리해서 PPT로 만들고, 발표하기로 했다.

"발표는 조장이 할 거지?"

한희의 목소리는 처음보다는 누그러져 있었지만, 여전히 묘하게 까슬했다.

"너희가 하지 않겠다면."

내 말이 끝나자마자 동현이가 얼른 대답했다.

"나는 뭐 괜찮아."

"나도 상관없어."

이것들이! 하아, 참자. 난 속으로 '마지막이잖아'만 되뇌었다.

하교 후 집으로 가는데 모르는 번호로 문자가 하나 들어왔다.

- 일요일. 여천산 시민공원. 시계탑. 2시. 인터뷰.

- 누구?

- ……한희. 넌 내 번호도 없었나 보네? 그럴 줄 알고는 있었지만.

어쩐지 민망하고 얼굴이 화끈해졌다. 같은 조인데 연락처도 물어보지 않았다. 그런데 한희는 어떻게 내 전화번호를 알고 있을까? 궁금했지만 물어볼 분위기가 아니었다.

— 미안. 그리고 인터뷰 연락 고마워.
— 신경 쓰지 마.

일요일 오후 1시 30분, 나는 조금 일찍 여천산 시민공원에 도착했다. 어쩐지 그래야 할 것 같았다. 마음이 좀 싱숭생숭했다. 자퇴하기로 했는데, 요즘 나는 꽤 열심히 학교를 다니고 있었다. 대체 이게 무슨 짓인지 모르겠다. 아무튼 기분이 안 좋아질 때마다 나는 '마지막'이란 단어만 되새겼다.

멍하니 서 있는데, 눈앞으로 누가 쌩하고 뛰어서 지나갔다. 밝은 초록색 바람막이에 검은 스포츠 레깅스 차림의 여자였다. 탄력 있는 뒷모습에 나도 모르게 눈이 따라갔다.

"저렇게 뛰면 힘들지도 않나? 오, 달리기는 진심 싫어."

내가 혼자서 투덜거리는데 갑자기 등 뒤에서 목소리가 들렸다.

"그건 나도 동의."

"히익."

놀랐다. 진짜로 놀랐다. 잔뜩 목을 움츠리고 고개를 돌렸더니

임지형

거기에 한희가 서 있었다.

"생각보다 겁쟁이네?"

"누구라도 그렇게 오면 놀라는 게 당연한 거 아니야?"

한희는 피식 웃었다. 그때부터 우리는 별 말 없이 2시가 되길 기다렸다.

"동현이는 과외가 많은가 봐. 힘들겠다. 그래서 못 오겠다니."

사실 동현이가 어쩌는지는 별 관심 없다. 내 문제만으로도 버거운 사람인데, 한희와 둘만 남겨져 있는 게 불편해 아무 소리나 한 것이다.

"의외네. 남 걱정도 하고."

"뭐라고?"

"아니, 난 너 누구한테 관심 같은 건 없는 줄 알았지."

대체 무슨 말을 하는지 몰라 미간을 찌푸리며 한희를 쳐다봤다. 한희가 입을 삐죽거리며 어깨를 으쓱했다. 뭐지? 이 재수 없음은? 약간 어처구니없는 표정으로 한희를 보는데 한희가 손을 번쩍 들었다. 그 방향으로 눈길을 돌렸다. 아까 초록색 바람막이를 입은 여자였다.

"누구?"

내가 물었다.

"오늘 우리가 인터뷰할 사람. '달리고 달리다' 채널의 유튜버고 이름은 송하나. 나이는 30대 중반이고 전직 사교육 선생님이

셨지."

"어떻게 그렇게 잘 알아?"

인터뷰어에 대해 묻지 않으려던 마음을 버리고 물었다. 특히 유명 유튜버를 한희가 어떻게 아는지가 궁금했다.

"중학교 때 내 영어 과외 선생님이었어."

"정말? 근데 왜 영어 선생님이 달리기 유튜버를 하는 거야?"

"궁금해?"

'궁금하니까 묻지 그럼 할 일 없어서 묻겠냐?' 하고 말하려다 말았다. 판판이 따지고 들다 보면 결국엔 싸움밖에 더 할 일이 없을 것 같았다.

"그건 직접 물어봐. 어차피 오늘 우리가 할 일이잖아. 선생님!"

한희가 말을 하다 말고 앞으로 갔다. 나도 얼른 맞은편에서 뛰어오고 있는 송하나 선생님 앞으로 다가갔다.

"한희, 오랜만이다. 잘 지냈어? 아, 이 친구는?"

송하나 선생님은 달리면서 흘린 땀을 팔목에 찬 아대로 닦으며 물었다.

"안녕하세요. 전 오늘 한희와 함께 인터뷰할 나예리라고 합니다."

"나예리라고? 오, 뭐야? 그럼 한희와는 운명의 라이벌인건가? 하하하."

아, 선생님 젊어 보이는데 저런 구린 농담을 하시다니. 인터뷰하기 전부터 실망이다. 하지만 나는 아무렇지 않은 표정으로 입가만 살짝 늘려줬다. 중요한 건 그게 아니니까.

"선생님, 지금 인터뷰할 수 있죠?"

"그럼. 저기 큰 나무 아래 벤치 보이지? 저기로 가자."

송하나 선생님은 조금 전에 왔던 방향을 가리켰다. 그곳엔 나무 한 그루가 있었는데 그 아래 벤치가 있었다. 해가 쨍쨍해도 인상 찌푸리지 않고 말할 수 있는 장소로 적격이었다. 서둘러 그쪽으로 걸음을 옮겼다.

"자, 그럼 인터뷰 시작해볼까?"

벤치에 앉자마자 송하나 선생님이 나와 한희를 번갈아 보며 말했다. 나는 가져온 수첩을 얼른 꺼냈고, 한희는 휴대폰에 있는 녹음 기능을 눌렀다.

"첫 번째 질문입니다. 아까 한희에게 들어보니까 원래 영어 과외 선생님이라고 했는데 어쩌다가 달리기 유튜버로 활동하게 된 건가요?"

내가 준비한 질문에 한희한테 들었던 말을 보태 물었다. 송하나 선생님은 질문에 먼저 싱긋 웃었다.

"사실 나는 사교육 시장에서 꽤 잘나가는 선생이었어. 내가 지도한 아이들이 흔히 말하는 스카이 대학에 많이 들어갔거든. 한마디로 실적이 좋았어. 그런데 문제는 바로 그 실적을 위해

내 몸을 지나치게 혹사하는 바람에 대상포진에 걸린 거야. 대상
포진은 한번 걸리면 평소 내가 몰랐던 신체 부위를 새삼 깨달을
정도로 엄청난 통증에 시달리게 돼. 게다가 나중엔 우울증까지
왔어. 그러다 보니 어떻게 살아야 할지를 모르겠더라."

　송하나 선생님이 말을 하다 잠시 멈췄다. 그리고 작은 가방
에 넣어둔 물을 꺼내 한 모금 마신 후 내밀었다. 난 목이 마르지
않아 사양했다. 한희도 사양하자 선생님은 다시 이야기를 이어
갔다.

　"그 시기에 달리기를 만났어. 우연히 어떤 사람의 글에서 달
리기가 체력과 정신 건강에 최고란 걸 보고 나도 한번 해봤어.
물론 처음엔 달리기 훈련이 안 돼 힘들었는데 계속 달리다 보니
까 정말 체력도 좋아지고 우울증도 싹 사라졌어. 한마디로 달리
기로 모든 걸 극복한 셈이지. 사실 이 정도는 흔한 스토리라서
별로 내세울 건 없는데."

　"그럼 유튜브는 언제부터 하게 됐나요?"

　"음, 유튜브는 한희 때문에 시작했어."

　송하나 선생님이 한희를 한번 쳐다보며 씨익, 웃었다. 그러자
한희는 민망했는지 얼른 다른 곳을 보며 딴청을 피웠다.

　"한희 때문에요? 그게 무슨 말이에요?"

　한희가 신경이 쓰여 더 묻고 싶진 않았는데, 이건 엄연히 과
제를 하는 과정이라 어쩔 수 없었다. 그러자 송하나 선생님도

기다렸다는 듯이 길게 말을 이었다. 긴 내용을 대충 정리해보자면 중학교 때 한희는 은따를 당하고 있었다. 그래서 중퇴를 하고 싶어 했는데 선생님이 말린 모양이다. 그리고 그때 말리면서 한희에게 달리기를 권유했는데 처음엔 마지못해 달렸던 한희도 나중엔 자신처럼 변하는 걸 보고 달리기의 매력을 더 널리 알리고 싶었다고 한다.

송하나 선생님의 유튜브는 그렇게 시작되었다. 처음에 자신과 한희를 구원해준 달리기는 그 후론 두 사람뿐만 아니라 유튜브를 구독하고 있는 사람에게도 영향력을 미쳤다. 함께 달리고, 함께 자신의 문제들을 극복하면서 점점 성장했다.

"그렇게 운동해서 그동안 난 마라톤 풀코스를 20번 뛰었어. 참, 예리는 풀코스가 몇 킬로미터인지는 아니?"

내가 고개를 살래살래 내저었다. 달리기는 그냥 달리는 것으로만 알았지 풀코스가 있다는 건 처음 알았다.

"42.195킬로미터야. 좀 달릴 줄 아는 사람은 보통 네 시간 안에 완주하지만, 훈련이 안 된 사람은 네 시간이 넘게 달려야 해."

"네 시간 넘게요? 그걸 달린다고요? 어떻게요?"

아무 생각 없다가 네 시간을 달린다는 말에 현타가 왔다. 사람의 몸이 어떻게 네 시간을 뛸 수 있는 걸까? 그냥 네 시간을 걷는 것도 발에 물집 잡힐 일인데, 세상에 네 시간을 뛴다고?

"너무 놀라니까 뭐라고 할 말이 없는데? 하지만 어느 정도 훈련하면 다 뛸 수 있어."

"에잇, 그건 아닌 것 같아요."

내가 여전히 놀란 얼굴로 고개를 내저었다. 그때 송하나 선생님이 음흉스럽게 씨익 웃더니 나와 한희 얼굴을 뚫어지듯 쳐다봤다.

"참, 내가 이렇게 인터뷰해줬는데 뭐 있어?"

"네? 뭐, 뭐가 있어야 하나요?"

"선생님, 그냥 해준다고 했잖아요?"

생각지도 않은 말이라 나와 한희가 동시에 물었다. 그러자 송하나 선생님은 눈 하나 꿈쩍하지 않고 당당히 말을 이었다.

"세상에 공짜가 어딨니? 내가 인터뷰해줬으니까 너희들도 내가 원하는 거 들어줘."

"뭔데요?"

"음, 두 달 후에 마라톤 대회가 있거든. 나는 21번째 풀코스에 도전할 거야. 한희는 20킬로미터에 도전하고 예리 넌 이제 시작이니 10킬로미터. 어때, 재밌겠지?"

"네?"

말도 안 되는 소리에 내 본심이 바로 나와버렸다. 미간이 절로 찌푸려지면서 입도 실룩거려졌다.

"에잇, 선생님, 얘 운동감 제로예요. 10킬로미터는 불가능할

임지형

걸요. 아마 달리다 금방 울면서 포기할 수도 있어요."

와, 때리는 시어머니보다 말리는 시누이가 더 밉다더니 지금 한희가 딱 그랬다. 처음엔 날 도와주는 줄 알았더니 듣고 보니 은근 나를 디스하는 거였다.

"오, 한희! 너 올챙이 적 생각 안 나? 너도 중학교 때 울면서 달렸어."

"아, 제가 언제요?"

"에헤헤, 흑역사 말하니까 창피하구나?"

송하나 선생님은 한희의 그런 모습조차도 귀여운지 혼자 깔깔 웃었다. 나는 그런 두 사람을 보면서도 어떻게 해야 할지 결정이 안 났다. 생전 집 앞에서도 뛰어본 적이 없던 내가 마라톤 대회 10킬로미터를 준비한다고? 진심 '오, 마이 갓!'이다.

"헉헉, 헉헉, 헉헉."

얼마를 뛰었을까? 그다지 많이 뛴 것 같지도 않은데 벌써부터 숨이 턱 끝까지 찼다. 조금 더 참고 뛰면 심장이 밖으로 튀어나올 정도였다. 마음 같아선 그 자리에서 멈추고 싶었다. 하지만 멈추진 않았다. 일단 정해놓은 목표는 해내고 싶었다.

송하나 선생님과 말도 안 되는 약속을 한 후 나는 꾸준히 달리기 연습을 하고 있다. 처음엔 너무 힘들었다. 어떤 날은 달리다 말고 토할 정도였다. 어찌나 힘든지 다 포기하고 싶었다. 뛸 때마다 죽을 것 같아 욕을 다반사로 했다. 그런데 신기한 건 그렇게 얼마간 뛰고 나면 또 뛸 만했다. 한마디로 견딜 만해졌다. 조금씩 달리는 양을 늘리면 된다더니 진짜 그랬다.

그러고 나니까 뭐랄까? 재미가 붙었다. 조금씩, 조금씩 달리는 거리가 늘어나고 속도가 좋아지니까 자꾸만 달리고 싶어졌다. 1분으로 시작해서 5분으로, 5분에서 10분, 10분에서 15분 그리고 얼마 지나지 않아 20분을 쉬지 않고 뛰게 됐다. 그쯤 되자 실감이 안 나면서도 실감이 났다. 뭔지 모르게 뿌듯해졌다. 뭔가를 꾸준히 해본 적이 없던 내게 성취감이 붙고 자신감이 붙었다. 그때부턴 확실히 달라졌다. 누가 시키지 않아도 알아서 뛰러 갔다.

"일단 30분을 쉬지 않고 뛸 수 있게 만들어. 그럼 10킬로미터도 충분히 뛸 수 있어."

한희도 제가 알고 있는 노하우를 가르쳐줬다. 초보 러너들이 도움 받을 수 있는 앱부터 달리기할 때 필요한 것들을 살 때 함께 가주기도 했다. 그러는 과정에서 나는 한희에 대해서 몰랐던 사실도 알게 됐다.

한희가 중학교 때 친구들과 못 어울렸던 건, 송하나 선생님이 말한 대로였다. 그리고 내 전화번호는 누군가에게 물어봐서 알아낸 게 아니었다. 중학교 현장학습 날, 휴대폰이 든 가방을 잃어버린 한희가 난처해하고 있을 때 내가 휴대폰을 빌려준 모양

임지형

이었다. 그 일을 나는 왜 기억하지 못하는지 모르지만, 아무튼 나는 한희에게 휴대폰을 빌려줬고 그 휴대폰으로 엄마에게 전화를 한 한희는 자연스럽게 내 번호를 외운 모양이었다.

하지만 그것만 있는 건 아니었다. 고등학교에 올라와 나에게 차갑게 굴었던 이유는 다른 친구들이 한희를 왕따시킬 때 내가 뻔히 보고도 도와주지 않았기 때문이란다. 그런데 그건 한희가 오해한 거다. 난 사실 한희가 친구들한테 왕따당하고 있는 것도 몰랐다. 나는 그냥 친구들하고 노느라 한희한테 관심이 없었다.

"대단합니다. 오늘의 달리기를 마칩니다."

달리기 앱에서 끝날 때 해주는 말이 나왔다.

"으아악. 헉헉."

나는 두 팔을 벌려 힘껏 심호흡을 했다. 오늘 드디어 30분을 쉬지 않고 뛰었다. 중간에 멈추고 싶었던 걸 간신히 참고 뛰었더니 그 기쁨이 말할 것도 없이 컸다.

"흐음, 휴. 흐음, 휴."

연거푸 숨을 들이쉬었다 내뱉었다. 그때마다 내 콧속으로 들어오는 공기와 땀을 식혀주는 바람이 달았다. 문득 달리는 맛이 좋아 계속 달리게 됐다는 송하나 선생님의 말이 실감이 났다.

나는 목에 두른 수건을 풀어 그때까지 남아 있는 땀을 닦았다. 그런 후 켜놓았던 달리기 앱을 확인했다. 오늘도 내가 정해놓은 목표를 완주했기 때문에 오늘 날짜에 도장이 찍혀 있었다.

별거 아닌데 기분이 좋았다. 초딩 때 받았던 '참 잘했어요' 도장을 받은 기분이었다. 완주가 주는 뿌듯함이 생각보다 컸다.

"엄마. 나 밥."

집에 들어가자마자 나는 밥부터 찾았다.

"야. 먼저 씻기부터 해. 그렇게 땀 많이 흘리고 밥부터 먹겠다고?"

엄마는 어이가 없는 얼굴로 꽥 소리쳤다.

"어. 지금 나는 깊고 깊은 블랙홀이야. 뭐든지 삼킬 수 있을 것 같아."

"그 기세로 네 어처구니없는 사춘기나 좀 삼켰으면 좋겠다. 학교 그만둘 궁리하지 못하게."

"간만에 기분이 업업되었는데. 엄마는 꼭 그렇게 초를 쳐야 돼?"

"이 기집애야. 네가 엄마 입장이 되어서 생각 좀 해봐. 느닷없이 자퇴하겠다고 사람 복장을 뒤집어놓더니, 요새는 느닷없이 달음박질 귀신이 붙어서. 하루에 빨랫감이 얼마나 늘었는지 알아?"

엄마가 가리키는 손끝을 따라가니 내가 벗어놓은 빨래가 수북했다.

"알았다고. 밥 안 먹어. 안 먹으면 되잖아!"

"누가 밥 먹지 말랬어? 시끄러운 소리 그만하고 앉아."

임지형

종아리까지 올라오는 스포츠 양말을 벗어서 빨래더미에 휙 던져놓고, 식탁 의자에 철퍼덕 앉았다. 그사이 엄마는 밥 한 그 릇, 김치와 시금치나물과 멸치 볶음을 식탁에 차렸다. '치이익' 하고 프라이팬 위에 계란이 익는 소리가 들리자 내 배 속의 블 랙홀이 다시 한번 꿈틀거렸다. 엄마와 나는 아무 말도 하지 않 았지만 괜찮았다. 별다른 말을 할 필요도 없었다. 그냥 이 정도 의 평범한 평화가 얼마만인지 서로 느낄 뿐이었다.

"먹어."

"응. 고마워."

"됐어."

밥이 달았다.

"음마, 나 마라턴 10키러미터 나갈 거야."

밥을 우물거리면서 빨래 돌리는 엄마 등 뒤에 대고 대수롭지 않게 말했다. 엄마는 빈 빨래 바구니를 툭 던져놓고 내 반대편 에 앉았다. 그리고 요즘 들어 가장 신기한 소리를 들었다는 표 정으로 나를 보며 말했다.

"네가?"

아니, 도대체 다들 왜 이래? 한희 고것도 송하나 선생님한테 '쟤가요? 마라톤을요? 10킬로미터요?'라고 하더니. 엄마까지.

"아니. 무슨 반응이 그래? 엄마면 적어도 딸을 믿어줘야 하는 거 아니야?"

"믿어주고 있었지. 내 딸을 내가 못 믿으면 누가 믿겠어. 그런데 그 믿음직한 딸이 어느 날 '나 자퇴할래'라고 폭탄을 던지더라. 그 뒤로 나는 걔가 무슨 생각을 하는지 모르겠더라니까."

엄마는 나를 3인칭으로 지칭하면서 넌지시 쳐다봤다.

"얘, 걔한테 좀 전해줘라. 달리다 그만둘 생각이면 시작도 하지 말라고."

엄마가 이렇게 말을 얄밉게 잘하는 사람인지 새삼 깨달았다. 엄마의 새로운 발견이다. 그런데 어쩐지 기분이 나쁘다기보다 유쾌했다.

"됐떠. 내가 반드시 10킬로미터 완주해서, 자퇴를 성공할 거야."

"뭐야? 야. 너 계란프라이 이리 내놔. 먹지 마. 이게, 진짜."

"줬다 뺏는 게 어딨어? 악덕 엄마!"

"시끄러. 이 자퇴 미수녀야!"

"푸핫. 그거 좋다 엄마. 나 톡 닉네임 그걸로 바꿔야겠다. 깔깔깔."

나는 남은 계란프라이를 입에 쑤셔 넣고, 우물거리며 욕실로 들어와버렸다.

"야!"

등 뒤에서 엄마가 빽 하고 소리 지르는 게 들렸다.

학교에 가는 것은 여전히 두렵고, 힘들다. 여전히 교실의 내 자리는 내 것이 아닌 느낌이다. 있지 말아야 하는 곳에 억지로 끼워진 소설책이 된 기분이다. 익숙해지거나, 좋아지지도 않았다. 다만 조금은 더 견딜 만해졌을 뿐이다.

혼자 화장실에서 나오다가 한희랑 마주쳤다. 우리는 그저 눈인사를 하고 지나쳤다. 청소년 소설에서야 같은 목표를 가지고, 함께 땀 좀 흘리고 나면 어느새 절친이 된다. 그러나 현실은 그냥 그렇다. 어차피 나는 곧 학교를 그만둘 것이니까, 굳이 더 친해질 생각이 없기도 하고. 같이 달리기 용품 사러 가준 정도의 의리면 충분했다. 아니 우리 사이의 거리감을 생각하면 친절이 차고 넘쳤다. 그 후로는 이제 내 몫이다.

— 이번 주 일요일이지? 잘해봐. 완주하면 선생님이 스파게티 사주신댔어.

화장실에서 그냥 지나쳤던 한희가 점심시간에 문자를 보냈다. '고마워', '걱정마', '너도 잘해봐' 몇 개의 답문을 치다가 지워버렸다. 대신 토하는 이모티콘과 엄지척 이모티콘을 연달아 보냈다.

토하더라도 끝까지 하겠다는 의미였는데, 한희가 이해했으려나 모르겠다.

'푸흡.'

슬쩍 고개를 돌려보니 한희가 폰을 보고 웃는 것이 보였다.

이해했나 보다. 그럼 됐다.

"후욱. 후욱. 스읍. 후욱. 후욱. 스읍."

나는 달리고 있다. 출발할 때는 수백 명이었는데, 지금 내 앞뒤로 보이는 사람은 몇 명 되지 않는다. 누군가는 이미 보이지 않을 만큼 앞서 달려갔고, 누군가는 나보다 뒤처져 달려오고 있을 거다. 그리고 또 누군가는 '아, 뭐 다음에 하지. 무리하는 것은 나빠' 하며 포기했을 거다.

"허헉. 허헉. 흐읍. 허억. 허억. 허억."

처음 뛸 때 규칙적으로 집중하던 호흡은 1킬로미터 정도 뛰었을 때 이미 집어치웠다. 3킬로미터에서부터는 후회를 했다. 전에 5킬로미터 뛰고 10킬로미터는 문제없을 거라고 생각했던 과거의 나예리를 저주했다.

'미친년. 내가 과거의 너를 만날 수 있으면, 나예리 이 정신나간 계집애라고 했을 거야.'

4킬로미터를 겨우 뛰고 있을 때 반환점을 돌아오는 사람들이 보였다. 나보다 최소 두 배는 빠른, 아니다, 저 사람들은 20킬로미터를 뛰는 사람들이다. 가슴에 붙은 번호 색깔이 다르다. 괴물들인가?

머릿속으로 계속해서 '그만해. 그만해. 이만큼이면 잘했어'라는 생각이 떠올랐다.

임지형

"처음에 좀 뛰다 보면 힘드니까 그런 생각이 든단 말이야. '야, 잘했어. 오늘은 여기까지 해. 괜찮아. 이정도면 잘한 거야' 같은. 근데 그때를 잘 견뎌야 한다. 사람은 몸도 마음도 간사해서 힘드니까 계속 그만하라고 유혹하는 거라고."

한희가 했던 말이다.

"거기서 그만두면 진짜 아무것도 안 돼. 진짜 개 진상짓이야. 물론 정말로 몸이 안 좋으면 멈추는 것이 당연하지만, 그 정도는 솔직히 우리 스스로 알 수 있잖아. 몸과 정신이 사기 치는 것인지, 진짜로 죽을 것처럼 힘든 것인지 말이야."

그 말이 맞았다. 반환점을 돌고 나니 그만두라는 내면의 유혹이 희미해졌다. 아무 생각 없이 기계적으로 다리를 움직이고, 팔을 앞뒤로 처으며 뛰었다. 조금이라도 더 많은 공기를 들이켜고, 내 몸 곳곳으로 산소를 보내기 위해 심장이 미친 듯이 펌프질을 했다. 살기 위해 내 몸이 이렇게 열심히 작동하고 있었음을 달리면서 깨달았다.

'나는 아무것도 안 하고 있었어도, 살아 있는 것 자체가 최선을 다한 것이었네!'

깨달음을 얻은 고행자가 된 기분이었다. 7킬로미터까지는 가는 거리를 쟀는데, 그 후로는 남은 거리를 생각했다. 이제 1킬로미터만 남았다. 거의 다 왔다. 아니 아직 멀었다. 씨발. 힘들다.

'허억. 허억. 허억. 허억. 여기까지 와서 멈추면 내가 등신이

다. 허억. 허억. 허억.'

진짜 다리가 너무 아프고, 발바닥에 불이 나는 느낌이었다.
그래도 이 악물고 계속 뛰었다. 중학생 정도 되어 보이는 남자
애가 달려서 나를 제치고 앞으로 갔다. 자존심이 좀 상했다. 하
지만 그것뿐. 힘드니까 더는 생각하기 귀찮았다. 그냥 빨리 안
보이게 가버렸으면 좋겠다.

'허헉. 허억. 500미터 깃발이다. 진짜. 진짜 다 왔다.'

눈물이 나올 것 같았다. 내가 9.5킬로미터를 한 번도 쉬지 않
고 달리다니.

아까 그 남자애가 저 앞에 보였다. 그 애는 힘들었는지 터덜
터덜 걷듯이 가고 있었다. 갑자기 배 속에서 뜨거운 뭔가가 솟
아올랐다. 내가 너는 이긴다.

나는 남은 힘을 쥐어 짜내듯 심장과 다리와 팔로 보냈다. 그
리고 기어이 그 애를 제치고 달렸다.

"허억. 허억. 뭐, 뭐야?"

등 뒤로 남자애가 당황하는 소리가 들렸다. 어쩐지 기분이 좋
았다. 하지만 곧 남자애가 속도를 높이는 발소리가 따라왔다.

'이익. 안 져. 죽어도 안 져.'

나도 속도를 높였다. 타닥타닥 발소리가 바로 등 뒤에 붙었
다. 내쉬는 숨결이 목 뒤에서 느껴지는 기분이었다.

'씨, 조금만 더. 조금만 더. 20미터, 10미터, 열 걸음, 한 걸음

임지형

만 더!'

"통과!"

결승선에서 시계를 들고 기록을 체크하던 아저씨가 크게 소리쳤다.

"등번호 308번 1시간 5분 37초. 50등! 등번호 403번 1시간 7분 38초."

커억. 허억, 허억. 잠깐만! 내가 몇 번이더라? 너무 힘들어서 내 번호가 생각이 안 났다. 땀이 눈에 들어가서 눈물이 자꾸 났다. 나는 결승선을 지나 한쪽 보도블록에 주저앉았다. 그리고 어깨로 땀과 눈물을 훔치며, 가슴께를 내려다봤다. 308번, 내 번호다. 이겼다. 내가 이겼다.

"나예리! 나예리이!"

수많은 사람들 속에서 나를 부르는 목소리가 들렸다. 갈아입을 옷을 챙겨든 엄마였다.

"엄마! 나, 해냈어. 나, 포기 안 했어. 끝까지 뛰었어!"

그냥 뭔지 모르겠는데 눈물이 났다. 끝까지 뛴 내가 기특했다.

"하이고. 오냐, 잘했다. 우리 딸 만세다. 만세. 누가 보면 올림픽 금메달이라도 딴 줄? 이걸로 땀 닦고 옷이나 갈아입어."

자꾸 웃음이 났다. 보관소에 맡긴 짐을 찾아오면서 메달도 받았다.

"딸! 그거 목에 걸고 서봐. 사진 찍어서 순천에 있는 아빠한테 보내주게."

"아, 유치하게."

말은 그렇게 했지만, 나는 메달을 목에 걸고 인증샷을 찍었다. 목에 걸린 가짜 도금 메달이지만, 그렇게 자랑스러울 수가 없었다.

우웅. 문자가 왔다.

– 완주함?

한희의 문자였다. 나는 메달을 찍어서 보냈다.

– 오올. ㅊㅋㅊㅋ. 나도 완주. 쌤은 오늘 뛰다 부상으로 중도 포기. 분하다고 우심. 병원 가셔야 해서, 스파게티 약속은 다음 주에. 괜찮음?
– ㅇㅇ 갠찮.
– ㅇㅋ 낼 학교에서 보게.
– 고마워, 한희야.
– 됐음. 그런 말 꺼져. 오글거림.

엄마 차를 타고 집으로 오는 내내 메달을 목에 걸고 있었다.

"자퇴하지 마. 그냥 졸업만 해."

엄마는 기어코 마음속에 담아둔 말을 꺼냈다. 역시나 분위기

초치는 것에는 따라올 사람이 없었다.

"엄마! 지금 분위기에서 할 말은 아닌데? 하지만 내가 기분이 좋으니 일단 엄마 말은 생각해볼게."

자퇴를 안 하겠다는 결심은 장담 못하겠다. 대신 다음번에 하프코스를 뛰어보고 생각해보기로 했다. 그때도 견딜 만하면 학교도 견딜 만하지 않을까.

나는 인스타 프로필을 바꿨다. 마라톤 메달 사진을 찍은 것으로. 그리고 닉네임도 바꿨다. '@DalgoNa'

달리는 고등학생 나예리. 지금은 이것으로 충분하다.

4년 전, 달리기를 처음 시작한 그해 나는 무척 바빴다. 출간 예정된 책이 여덟 권이었으며, 강연 스케줄도 빡빡했다. 거기에 두 번의 해외 방문 일정이 있었고 신춘문예와 신인문학상 심사를 여러 건 해야 했다. 그렇지만 그 많은 일 중에 나를 가장 긴장시킨 일은 따로 있었다. 바로 '수술'이었다.

수술을 결정한 건 5월이었다. 내 속에서 손톱만 한 혹이 작은 참외만큼 커질 때까지 몸에 무신경했던 탓에 벌어진 일이었다. 아니 조금 변명하자면 바빴고, 할 일이 끊임없이 계속되었으며, 작가로서 입지를 다지느라 몸을 돌볼 틈이 없었다. 그러다가 더는 미뤄서는 안 된다는 여러 의사의 소견을 듣고 나서야 수술을 결심할 수 있었다. 그런데 수술 날짜를 정하고 나니 이번에는 불안과 두려움이 매일 찾아왔다.

"그건 수술도 아니야. 걱정하지 마!"라는 위로와 응원을 지인들에게 들었다. 하지만 그게 당사자에겐 별로 힘이 되질 않는다는 걸 그때 알았다. 차라리 불안하고 무서운 것이 당연한 거라고, 지금은 그런 느낌을 받아도 된다고 말해주었다면 좋았을지도 모른다. 그래서 나는 나만의 불안과 두려움을 극복할 방법을 찾았다.

평소에는 글을 쓰거나 책을 찾기 위해 사용하던 검색창에 수술 방법이나 후유증을 찾아보는 일이 많아졌다. 이미 같은 수술을 받은 사람들의 정보도 귀를 세우고 듣게 되었다. 정보가 많아질수록 두려움이 커졌다. 수술 후 몸 상태가 좋아졌다고 말하는 사람을 찾아볼 수가 없었다.

나는 욕심이 많다. 글 쓰는 것을 쉬어가는 것도, 이미 약속한 강연 일정을 어기는 것도 싫었다. 그때부터 검색어가 '수술 후 몸이 좋아지는 방법'으로 바뀌었다. 의외로 답은 금방 찾을 수 있었다. 수술에 지지 않을 만큼 체력을 키우는 것.

체력을 키우기 위해 가장 좋은 것이 달리기란 것을 알게 됐다. 그래서 일단 밖으로 나가서 달려보기로 했다. 내가 처음으로 뛰었던 시간은 57초다. 너무 힘들어서 멈추고 보니 그 정도 시간이 지난 거였다. 그러니까 당시에는 1분도 채 뛰기 힘든 상태의 몸이었다. 비로소 몸이 지르는 비명을 마주하게 된 것이다.

그렇게 형편없이 시작되었지만, 이후로 계속 뛰다 보니 3분으로 늘고, 5분을 지나, 10분을 달리게 되었다. 그때는 눈물이 났다. 그리고 수술 전까지 쉬지 않고 30분을 달릴 수 있는 체력을 만들었다. 처음과는 비교할 수 없을 정도의 심폐지구력이 생기게 된 것이다.

그럼에도 불구하고 수술실에 들어갈 때까지도 두려움은 여전했다. 무엇을 준비하든지 떨쳐낼 수 없었다. 다만 수술이 끝난 후, 마취에서 깨어났을 때 비로소 홀가분해졌다. 준비한 만큼 회복도 빨랐고, 수술 이전보다 더 활기찰 수 있었다.

달리기를 하면서 인생이 바뀌었다. 내 삶에서 이보다 체력이 좋았던 때가 있을까 싶을 정도로 매일 활력이 넘치게 되었다. 어떤 일을 하기 전에 미리 겁부터 먹었던 때와 달리, '우선 해보자'라는 마음도 생겼다. 57초짜리가 30분이 될 때까지, 경험은 그렇게 사람을 바꾸어놓았다. 안 될 것 같은 일도, 어렵고 힘들어 보이는 일도 해내게 만들었다.

나중에 깨달은 거지만 '달리기'가 몸만 바꾸어놓은 게 아니었다. 알고 보면 제일 크게 바꾸어놓은 건 마음이었다. 자신감과 자존감이 아주 좋아져 있었다. 그건 그 무엇과도 바꿀 수 없는 큰 경험이었다. 이 좋은 것을 나만 알고 있을 수 없었다. 그래서 내가 가장 사랑하는 일로, 내가 가장 좋아하는 방법으로 풀어보았다.

「달고나, 예리」를 통해 같은 시기를 보내고 있는 청소년들이 작은 용기를 얻길 바란다. 그리고 예리처럼 달리기의 맛을 알게 된다면 그보다 더 값진 일은 없을 것 같다.

임지형

LIFEGUARD

• 마윤제 •

마윤제

경북 봉화에서 태어났고 『검은 개들의 왕』으로 제2회 문학동네 청소년문학상 대상을 수상했다. 지은 책으로 우연히 잡지 『GIO』에서 읽은 기사에 이끌려 3년 동안의 긴 작업 끝에 남미 최남단 파타고니아를 배경으로 전설로 전해져오는 바람의 남자 웨나를 찾아가는 한 목동의 장대한 이야기를 담은 장편소설 『바람을 만드는 사람』, 특별한서재 출판사와 교보문고가 공동으로 주최한 특별 강연을 기반으로 집필한 『우리는 왜 책을 읽고 글을 쓰는가』와 세 번째 장편소설 『8월의 태양』이 있다.

유지는 나비가 되어 바다를 날아가는 꿈을 꾸었다. 바다는 넓었다. 아무리 가도 육지가 나타나지 않았다. 유지는 쉬고 싶었다. 그러나 사위를 돌아봐도 쉴 곳이 보이지 않았다. 유지는 점차 지쳐갔다. 돌아갈 곳을 지나친 지 이미 오래였다. 하지만 포기할 수 없었다. 도달하고자 하는 곳에 모든 것이 있었기 때문이었다. 이윽고 마지막 힘을 소진하자 날개가 멈추었다. 바다를 향해 추락하는 순간 유지는 눈을 떴다. 술 냄새를 풍기는 엄마의 얼굴이 보였다.

"짐 챙겨."

유지는 일어나서 주섬주섬 짐을 쌌다. 꼭 필요한 물건만을 넣었는데 여행 가방이 꽉 찼다. 나머지 물건은 비닐봉지에 담아 쓰레기통에 버렸다. 각자의 여행 가방을 든 두 사람은 골목을 나가서 택시를 잡았다. 고속버스 터미널에 도착한 엄마는 목적지 이름이 적힌 전광판을 한참 동안 올려다봤다. 그런 다음 어딘가로 전화를 걸었다. 짧은 통화를 끝낸 엄마는 창구로 가서 표를 끊어왔다. 두 사람은 여행 가방을 수화물 칸에 넣고 고속버스에 올랐다. 출근길 꽉 막힌 도로를 뚫고 달려간 버스는 고속도로에 진입했다.

다섯 시간 뒤에 버스는 낯선 이름의 터미널에 도착했다. 버스에서 내린 엄마는 전화를 걸었다. 잠시 후 두 사람은 터미널을 빠져나가 택시를 탔다. 시가지를 빠져나간 택시는 바다로 흘러드는 강을 건넜다. 드넓은 하구에 갈대가 무성했다. 선글라스를 쓴 운전사는 라디오에서 흘러나오는 노래를 흥얼거리며 강변도로를 달려갔다.

잠시 후 바다를 배경으로 우뚝 선 골리앗 크레인이 나타났다. 택시가 오르막을 올라가자 속이 텅 비어 있는 배가 보였다. 열린 차창으로 짠 냄새가 흘러들어왔다. 유지는 낯선 풍광을 무덤덤한 시선으로 바라보았다. 항구에 들어선 택시는 복잡한 시장 거리를 지나 해안도로를 달려가서 바다가 보이는 해변 마을 입구에서 멈춰 섰다.

택시에서 내리자 한 중년 남자가 환하게 웃으며 다가왔다. 남자 옆에는 낯빛이 하얀 여자아이가 두려움과 호기심이 섞인 눈빛을 반짝거리고 있었다. 유지는 늘 그랬듯이 남자에게 가볍게 고개를 숙였고 여자아이에겐 모호한 미소를 지었다. 그들은 한

마윤제

산한 도로를 건너 주택가로 들어갔다. 식당 앞 평상에 앉아 있던 여자들이 눈을 동그랗게 치켜뜨고 엄마를 쳐다보았다. 엄마는 평소와 달리 상냥한 서울말로 그들에게 인사했다. 여자들이 서로를 돌아보며 어색한 표정을 지었다.

2층 양옥집 마당에는 잡초가 무성했다. 집 안은 더 엉망이었다. 주방 싱크대에는 밥그릇이 잔뜩 쌓여 있고 냉장고에는 유효기간이 한참 지난 냉동식품이 수북하게 쌓여 있었다. 세탁기에는 젖은 빨랫감이 뒤엉켜 있고 화장실 양변기와 세면기는 물때가 싯누렇게 들러붙어 있었다.

집 안을 돌아본 엄마가 흥미로운 표정을 지었다. 여행 가방을 안방 침대에 올려놓은 엄마는 옷을 갈아입고 머리를 질끈 묶은 다음 집 정리에 나섰다. 엄마의 손길은 가차 없었다. 냉장고에 든 음식을 전부 쓰레기통에 버렸고 접시와 그릇까지 폐기 처분했다. 주방을 정리한 엄마는 욕실로 들어갔다. 양변기와 세면기의 묵은 때가 벗겨지는 동안 세탁기가 비명을 지르며 더러운 구정물을 울컥울컥 쏟아냈다. 그 모습을 지켜보던 남자가 유지를 돌아보았다.

남자를 따라 계단을 올라가자 2층 복도 좌우에 방이 하나씩 있었다. 남자는 서쪽 방문을 열기 전 유지에게 미안하다는 표정을 지었다.

"난 네가 남자아이인 줄 알았다."

유지는 방에 들어선 뒤에야 그 이유를 알았다. 작은 서창(西窓)이 있는 방은 오랫동안 사용하지 않은 듯 퀴퀴한 냄새가 났다. 방 한쪽에는 오래된 옷장과 책상이 놓여 있었다. 침대는 새로 산 듯 매트리스가 비닐 커버에 쌓여 있었다. 유지는 그것만으로 기뻤지만, 내색하지 않았다. 유지는 남자를 향해 싱긋 웃었다.

"좋은데요."

"나중에 새것으로 바꿔주마."

유지가 가볍게 머리를 숙이자 어색한 표정을 짓고 서 있던 남자가 방을 나갔다. 유지는 여행 가방을 한구석에 세워두고 침대에 벌렁 드러누웠다. 유지는 창문 너머 산마루에 떨어진 햇살을 지켜보다 설핏 잠이 들었다.

그날 저녁, 네 사람은 식탁에 마주 앉았다. 식탁에는 탕수육과 짜장면이 놓여 있었다. 남자는 뭔가 중요한 얘기를 하고 싶은 듯 입술을 달싹거렸지만, 끝내 입을 열지 않았다. 대신 엄마가 진희를 쳐다보며 다정한 목소리로 식사하자고 말했다. 네 사람은 중요한 의식을 치르듯 검은 면발과 기름에 튀긴 돼지고기를 먹기 시작했다. 엄마가 남자의 입가에 묻은 짜장을 닦아주자 진희가 흘끔 쳐다보았다. 유지는 모른 척 탕수육을 입 안 가득 욱여넣었다. 유지는 자신이 할 일을 잊지 않았다. 남자가 가벼

마윤제

운 질문을 던질 때마다 사뭇 진지한 표정으로 대답했다. 식사가 끝나자 엄마가 차와 과일을 내놓았다. 두 사람은 커피를 마셨고 유지와 진희는 사과를 아삭아삭 씹어 먹었다.

다음 날 아침 일찍 일어난 엄마의 집안일은 계속되었다. 평소 정오가 넘어서야 눈을 뜨던 엄마는 피곤한 기색이 역력했다. 그런데도 엄마는 잠시도 쉬지 않고 몸을 움직였다. 유지는 그런 엄마가 낯설었다. 엄마는 미다스의 손이었다. 손길이 닿는 곳마다 냉장고와 에어컨 같은 가전제품부터 소파, 커튼, 식탁, 그릇까지 전부 새것으로 바뀌었다. 심지어 잡초 무성하던 마당까지 파릇파릇한 양잔디가 깔렸다. 엄마는 새로운 땅에 안착한 잡초처럼 무서운 기세로 뿌리를 뻗어 나갔다. 그렇게 몇 달이 지나자 폐허의 기운이 가득하던 해변 마을의 양옥집은 완전히 새로운 집으로 변했다.

유지는 매일 마을을 돌아다녔다. 자신의 새로운 영역을 확인하듯 마을 구석구석을 주의 깊게 살폈다. 해변 마을에는 식당과 횟집과 민박집과 모텔이 많았다. 그러나 오가는 사람은 별로 없었다. 진희 아빠는 해수욕장이 개장하는 여름 한 철을 제외하면 늘 고즈넉하다고 알려주었다. 마을 곳곳에는 공터가 많았다. 주택가는 물론이고 해변과 닿은 거리에도 이빨 빠진 듯 공터가 있었다. 칠이 벗겨진 바이킹과 디스코팡팡도 보였다. 기계를 움직이는 조종실은 문이 잠겨 있고 페인트가 벗겨진 벽에는 욕설이 잔뜩 적혀 있었다. 머릿속에 해변 마을의 지도가 완성되자 유지는 마을에서 20분 정도 떨어진 항구를 돌아다니며 새 지도를 그리기 시작했다.

유지는 온종일 항구 곳곳을 돌아다녔다. 선창에 정박한 어선이 몇 척인지 세어보았고 활어직판장을 돌아다니며 빨간색 고무 양동이에 담긴 이상하게 생긴 물고기들을 구경했다. 미로처럼 복잡한 공동어시장을 빠져나와 야구 연습장을 기웃거렸다. 또 자기 또래 아이들이 단정한 교복을 입고 집으로 돌아가는 모습을 오랫동안 지켜보기도 했다. 해가 저물면 사람들이 북적거리는 횟집을 지나서 방파제에 올라갔다. 밤바다에 낚시꾼들이 던진 야광 찌가 반딧불처럼 반짝거렸다. 방파제 끝에 있는 등대의 나선형 계단을 올라가서 꼭대기 난간에 서면 불을 환하게 밝힌 항구의 전경이 내려다보였다. 엄마는 세상에 완벽한 진실은 없다고 말했다. 또 절대적인 거짓도 없다고 말했다. 따라서 오늘의 거짓은 내일의 진실이 되고 내일의 진실은 또 다른 날의 거짓이 된다고 주장했다. 그래서 유지는 저 찬란한 빛 속에 시기와 질투가 뱀처럼 똬리를 틀고 숨어 있다는 사실을 알고 있었다. 그런데도 어둠의 바다에 은하수처럼 점점이 흩뿌려진 빛으로 뛰어들고 싶었다. 그러면 한 마리 새처럼 훨훨 날아갈 것 같았다.

마윤제

어느 날, 진희의 방문이 살짝 열려 있었다. 방문을 슬쩍 밀자 바다가 내려다보이는 큰 창이 보였다. 방으로 들어갔다. 한쪽 벽을 차지한 책장에 수백 권의 책과 화첩이 꽂혀 있었다. 유리 진열장에 마이센과 미라주의 자기 인형이 가지런하게 놓여 있었다. 옷장을 열어보았다. 처음 보는 브랜드의 옷들이 계절 별로 걸려 있었다. 진희의 책상에는 처음 보는 노트와 필기구가 가득했다. 유지는 전신 거울 앞에 섰다. 머리카락은 수세미처럼 거칠었고 살결은 까무잡잡했다. 왼팔에는 화상 자국이 선명했다. 유지는 아이도 아니고 어른도 아닌 열여섯 살 자신의 모습을 뚫어지게 쳐다보았다.

그날 밤, 유지는 노트에 가지고 싶은 물건을 적었다. 컴퓨터, 운동화, 시계, 가방을 적고 나자 더 생각이 나지 않았다. 진희 방에서 본 물건들이 떠올랐다. 갑자기 갖고 싶은 물건들이 고구마 줄기처럼 떠올랐다. 이윽고 펜을 내려놓은 유지는 노트 양면에 빽빽하게 적힌 목록을 들여다보았다. 중요한 무언가가 빠져 있었다. 다시 펜을 든 유지는 남은 여백에 커다랗게 '바다가 보이는 넓은 방'이라고 썼다. 글자를 한참이나 쳐다보던 유지는 목록이 적힌 종이를 갈기갈기 찢어 휴지통에 버렸다. 그런 다음 싸구려 침대에 누워 천장의 곰팡이 자국을 올려다보았다. 가슴이 답답했다. 유지는 벌떡 일어나서 여행 가방을 열어 수영 가방을 찾아냈다.

유지는 여섯 살 때 처음 수영을 배웠다. 집 근처에 있는 스포츠 센터에서 노란색 땡땡이 수영복을 입고 영법을 배웠다. 그리고 지금까지 꾸준하게 수영을 해왔다. 엄마를 따라 낯선 도시에 도착할 때마다 가장 먼저 수영장을 찾았다. 아무리 멀리 있어도 버스를 타고 물어물어 찾아갔다. 물에 들어가면 마음이 편했다. 물살을 가르면 아무런 생각이 나질 않았다. 엄마의 이해할 수 없는 행동과 남들과 다른 자신의 처지를 잊었다. 방문을 열자 진희가 자기 방 앞에 우두커니 있었다. 계단을 내려가는데 진희가 불렀다. 진희가 유지를 부른 건 이 집에 온 뒤로 처음이었다. 진희는 밥 먹을 때도 유지의 눈을 쳐다보지 않았다. 유지는 계단 중간에서 걸음을 멈추고 진희를 올려다보았다.

"언니, 어디 가?"

언니라는 말이 낯설었다.

"수영하러."

"나도 따라가면 안 돼?"

진희의 눈에 두려움이 가득했다.

"무슨 일 있어?"

"흉측한 괴물이 나를 잡아먹었어."

중학교 1학년 진희가 여섯 살 아이처럼 울먹거리며 꿈을 이야기했다. 유지가 손짓하자 진희의 얼굴이 환하게 밝아졌다. 1층에 내려와서야 진희가 자기 방 앞에 유령처럼 서 있었던 이

마윤제

유를 깨달았다. 유지는 안방을 흘깃 쳐다본 다음 신발을 신었다. 둘은 현관문을 소리 없이 열고 마당으로 나섰다. 대문을 열자 눅눅한 바닷바람이 불어왔다. 큰길에 들어섰다. 늦은 밤 해변 마을은 젤리처럼 끈적끈적한 어둠에 잠겨 있었다. 도로변 쓰레기통을 뒤지던 고양이 한 마리가 야옹 울었다. 진희가 옆에 바짝 붙었다. 유지는 텅 빈 도로 한가운데서 걸음을 멈추고 진희를 돌아보았다. 뭔가 할 말이 있는데 생각나질 않았다. 콜라 캔을 걷어찼다. 공중을 날아간 캔이 고양이 앞에 떨어졌다. 고양이가 이빨을 드러내고 하악거렸다. 진희가 팔을 잡았다.

"언니, 집에 돌아가자."

"왜?"

"무서워."

"혼자 돌아가."

"싫어."

진희가 강하게 고개를 저었다. 유지가 몸을 휙 돌려 걷기 시작했다. 진희가 황급히 뒤를 쫓아갔다. 도로를 건너 골목에 들어서는데 개가 미친 듯 으르렁거렸다. 유지는 놀란 진희를 데리고 서둘러 그 집을 지나갔다. 공터 몇 개를 지나자 파도가 철썩거리는 소리가 들려왔다. 해변 입구 슈퍼마켓 앞에서 젊은 남자들이 술을 마시고 있었다. 유지는 그들을 흘긋 쳐다본 다음 모래사장으로 들어갔다. 폭죽은 눅진한 공기에 짓눌려 힘없이 산

화했다. 뒤이어 쏘아 올린 폭죽도 불발이었다. 그러나 잠시 뒤, 동시에 쏘아 올린 폭죽이 번쩍거리며 터졌다. 밤하늘을 밝힌 폭죽을 바라보던 유지는 해안으로 내려갔다. 유지는 겉옷을 벗어 들고 뒤를 따라온 진희에게 물었다.

"여기 있을 거야?"

"응."

유지는 바닷물로 몸을 적셨다. 수면에 폭죽이 남긴 흔적이 기름띠처럼 번들거렸다. 천천히 물살을 갈랐다. 터질 듯 답답하던 가슴이 서서히 가라앉았다. 유지는 발로 물을 강하게 차면서 팔을 힘차게 뻗었다. 몸이 물고기처럼 앞으로 나아갔다. 시기와 질투의 마음이 스르르 녹아내렸다. 유지는 남쪽 백사장 끝을 향해 전속력으로 헤엄쳐갔다. 백사장 끝에 도착해 뒤를 돌아보니 저 멀리 어둠 속에 진희가 돌덩어리처럼 앉아 있었다. 폭죽이 요란한 소리를 내며 날아올라 터졌다. 섬광에 진희의 자그마한 얼굴이 정지 화면처럼 나타났다 사라졌다. 진희를 보자 다시 마음이 일렁거렸다. 유지는 방향을 바꿔 먼 바다를 향해 나아갔다. 물살이 반발하듯 몸을 밀어냈다. 유지는 거스르지 않았다. 잠시 호흡을 조절한 뒤에 돌아서는 물살의 빈틈을 파고들었다. 뒤를 돌아보니 해안이 아득하게 멀어져 있었다. 유지는 소리를 질렀다. 마음속 욕망이 오물처럼 울컥울컥 쏟아져 나왔다. 속을 깨끗하게 비운 유지는 해안을 향해 일직선으로 헤엄쳐갔다. 모

마윤제

래사장에 올라서자 진희가 물었다.

"언니, 안 추워?"

"더워."

진희가 이해할 수 없다는 듯 고개를 갸웃거렸다. 수건으로 몸을 닦고 있을 때 한 무리의 사람들이 백사장으로 들어섰다. 슈퍼마켓 앞에서 술을 마시던 청년들이었다. 해안에 도착한 그들은 옷을 벗기 시작했다. 그들은 마지막 속옷까지 벗어 던지고 괴성을 지르며 바다에 첨벙첨벙 뛰어들었다. 유지는 옷을 입고 진희를 돌아보았다.

"가자."

"어딜?"

"집에 가야지."

집이라는 말에 진희가 힘없이 고개를 떨구었다.

"안 갈 거야?"

진희는 대답하지 않았다.

"가기 싫어?"

"응."

유지는 의아한 시선으로 진희를 쳐다보았다.

"왜 싫어졌어?"

진희가 잠시 생각한 뒤에 입을 열었다.

"집이 이상해진 것 같아."

"뭐가 이상해?"

집안 곳곳에 깊이 뿌리를 내린 엄마의 촉수를 알아차린 걸까. 진희의 눈동자를 보자 심장이 뛰었다. 방에 있는 물건들이 생각났다. 지난 두 달 동안 제법 많은 짐이 늘어나 있었다. 어딜 가든 조금만 눌러앉아 있으면 저절로 짐이 늘어났다. 여행 가방 하나론 부족할 것이다. 무얼 가져가고 무얼 버릴까. 새벽녘 터미널 편의점에서 허겁지겁 먹어 치우던 단팥빵과 바나나 우유 맛이 떠올랐다. 진희가 고개를 절레절레 흔들며 대답했다.

"뭔지 모르지만 그런 느낌이 들어."

"나쁜 꿈을 꿔서 그럴 거야."

유지는 백사장을 걷기 시작했다. 발이 푹푹 빠졌다. 모래 속이 뜨거웠다. 백사장 입구에서 신발의 모래를 깨끗하게 털어냈다. 그제야 두근거리던 심장이 차갑게 가라앉았다. 올 때와 다른 길로 들어섰다. 넓은 공터에 바이킹과 디스코팡팡이 어두운 밤하늘을 배경으로 괴물처럼 우뚝 솟아 있었다.

"언니, 바이킹 타봤어?"

"아니."

"디스코팡팡은?"

유지는 고개를 가로저었다. 진희가 바이킹을 올려다보며 힘없이 말했다.

"엄마가 아픈 뒤론 한 번도 타지 못했어."

마윤제

진희 방 책상에 올려져 있던 액자가 기억났다. 놀이기구 앞에서 어린 진희가 엄마 손을 잡고 환하게 웃고 있는 사진이었다. 둘은 다시 걷기 시작했다. 주택가 공터에 한 남자가 소변을 보고 있었다. 술 냄새가 진동했다. 남자가 뒤를 홱 돌아보자 놀란 진희가 비명을 질렀다. 유지는 겁에 질린 진희 손을 잡고 뛰었다. 손은 작고 따스했다. 피의 흐름이 고스란히 느껴졌다. 도로에 들어선 뒤에 손을 놓았다. 진희의 거친 숨소리가 귓전을 간지럽혔다. 도로를 건너 골목으로 접어들었다.

　"수영하면 기분이 어때?"

　"답답한 게 싹 없어져."

　"엄마 생각도 잊을 수 있을까?"

　"그럴 거야."

　"그럼 나도 수영할래."

　"할 줄 알아?"

　"아니."

　집 앞에 도착하여 대문을 살그머니 열었다. 안방은 불이 꺼져 있었다. 현관문을 열고 들어간 유지와 진희는 발뒤꿈치를 들고 살금살금 나무 계단을 올라갔다. 각자 방으로 들어가기 직전 둘은 서로를 쳐다보며 웃었다.

　주말 아침, 유지와 진희는 시내에 나갔다. 수영복을 사기 위해서였다. 해변을 다녀온 뒤 진희는 유지의 방을 수시로 들락거리며 수영을 가르쳐 달라고 매달렸다. 유지는 단호하게 거절했다. 먼저 실내 수영장에서 영법을 배워야 한다는 게 유지의 생각이었다. 진희는 수영장이 있는 시내를 오가는 게 너무 힘들다며 막무가내로 고집을 피웠다. 뒤를 졸졸 따라다니며 졸라대는 바람에 유지는 난처했다. 이 모습을 지켜보던 엄마가 부탁하자 어쩔 수 없이 승낙했다.

버스 안에서 진희는 종알종알 온갖 얘기를 늘어놓았다. 덕분에 유지는 진희 엄마가 3년 전에 췌장암으로 세상을 떠났고 진희 아버지가 항구 곳곳에 많은 부동산을 소유한 재력가란 사실을 알았다. 진희의 꿈은 서양화가였다.

"언니는 어떤 화가를 좋아해?"

유지는 난감한 눈으로 진희를 바라보았다.

"고흐 아니면 샤갈?"

유지는 침묵했다.

"난 미대를 졸업하면 프랑스로 건너가서 르누아르, 모네, 마티스, 세잔처럼 프로방스를 돌아다니며 그림을 그릴 거야."

유지는 진희가 무슨 말을 하는지 알 수 없었다. 그런 사람들의 이름을 들어본 적도 없고 프로방스가 뭘 하는 곳인지 알지도 못했다. 다만 그 낯선 단어를 처음 듣는 순간 라벤더 향기와 투명한 햇살과 한바탕 소나기가 쏟아진 뒤 나뭇잎에 송골송골 맺힌 물방울이 떠올랐다. 동시에 시커먼 때가 잔뜩 낀 환풍기 날

마윤제

개가 덜덜거리며 돌아가는 소리와 혀끝을 자극하는 박카스 맛과 화투장을 노려보는 핏발 선 눈동자와 화장실 문을 활짝 열어 놓고 오줌을 누는 여자들과 태엽 풀린 인형처럼 뒷골목을 돌아 다니던 술 취한 남자들의 얼굴이 떠올랐다.

시내 중심가에 도착한 둘은 곧바로 가장 큰 백화점으로 들어 갔다. 진희의 표정이 한껏 들떠 있었다. 수영복 매장에 도착한 진희는 유지에게 수영복을 골라 달라고 했다. 직원이 새로 나온 신상품을 보여주었다. 신중하게 수영복을 살펴본 유지는 파란색 바탕에 세로 줄무늬가 있는 수영복을 추천했다. 진희는 군말 없이 수영복을 선택했다. 그리고는 유지에게도 아빠 허락을 받았다며 수영복을 사라고 했다. 유지는 자신의 수영복을 골랐다. 나머지 필요한 장비를 산 둘은 쇼핑 가방을 들고 식당가로 올라 갔다. 스테이크 전문점에 들어간 진희는 자리에 앉자마자 메뉴 판도 보지 않고 음식을 주문했다. 잠시 후 음식이 나왔다. 유지 가 당혹스러운 표정으로 포크와 나이프를 쳐다보고 있을 때 진 희는 익숙한 손놀림으로 스테이크를 잘라 먹기 시작했다. 그 순 간 유지는 진희가 자신과 다르다는 사실을 깨달았다. 같은 공간 에 살고 있지만, 서로가 속한 세계는 엄연히 달랐다.

7월에 들어서자 갑자기 해변 마을이 부산스러워졌다. 작업복 을 입은 인부들이 지난 1년 동안 비바람을 맞고 있던 놀이기구

를 말끔하게 칠했다. 새로운 옷을 갈아입은 바이킹과 디스코팡
팡이 움직이기 시작하자 해변 마을 아이들이 몰려왔다. 유지는
난생처음 진희의 손에 이끌려 바이킹을 탔다. 배가 하늘로 솟구
치자 심장이 벌렁거렸다. 헐거운 안전바가 풀어져서 몸이 앞으
로 튕겨 나갈 듯했다. 심장이 콩알처럼 오그라든 유지와 달리
진희는 물 만난 고기처럼 환호성을 질렀다. 배 속이 느글거리고
하늘이 노랗게 변할 무렵 바이킹이 멈추었다. 진희는 곧바로 디
스코팡팡에 올라갔다. 유지는 진희의 손을 뿌리쳤다. 청년은 온
갖 저속한 농담을 지껄이며 원형의 기계를 아래위로 흔들었다.
디스코팡팡이 미친 듯 출렁거릴 때마다 아이들이 오리처럼 꽥
꽥거렸다. 요즘 들어 부쩍 살이 오른 진희는 요동치는 디스코팡
팡 위에서 중심을 잃지 않았다.

  진희의 팔과 다리가 튼실해지고 볼살이 통통하게 오른 건 엄
마 덕분이었다. 양옥집을 자신의 스타일로 뜯어고친 엄마는 요
리 학원에 등록했다. 한 달쯤 지나자 국적 불명의 정체 모를 음
식이 식탁에 올라왔다. 퓨전을 앞세운 요리를 볼 때마다 유지는
한숨을 푹푹 내쉬었다. 배 속에 치즈를 품은 고등어구이와 건포
도가 들어 있는 간장게장은 아무것도 아니었다. 맛과 향이 제멋
대로인 음식을 뒤적거릴 때마다 유지는 역전 국밥집의 얼큰한
국물이 간절했다. 그런데 진희의 반응이 뜻밖이었다. 엄마가 만
든 괴상한 요리를 게 눈 감추듯 맛나게 먹어 치웠다. 이에 고무

마윤제

된 엄마의 요리는 더 복잡하고 괴이해졌다.

7월 중순, 적재함에 물건을 잔뜩 실은 트럭들이 꼬리를 물고 해변 마을로 몰려왔다. 그들은 각기 다른 공터에 짐을 내리고 천막을 치기 시작했다. 며칠이 지나자 잡초가 무성하던 공터에 술집과 식당, 게임장과 통닭집이 생겨났다. 상인들이 공터에 자리를 잡고 나자 백사장에 수백 개의 파라솔이 설치되었다. 이윽고 해변 마을 입구에 해수욕장 개장을 알리는 플래카드가 걸렸다. 그때부터 기다렸다는 듯 사람들이 구름처럼 몰려들었다. 해변 마을로 들어오는 도로는 온종일 막혔고 마을 입구의 송림은 거대한 주차장으로 변했다. 해변에 면한 상가는 온종일 피서객들이 북적거렸고 백사장에선 폭죽 소리가 새벽까지 요란했다.

매일 오후, 유지와 진희는 엄마가 만들어준 간식과 물을 갖고 집을 나섰다. 둘은 사람이 북적거리는 해수욕장을 우회하여 남쪽 해변으로 내려갔다. 그곳은 산자락에서 흘러내린 암반이 타원형으로 휘어져 있어 수심이 낮고 파도가 약했다. 작은 모래톱까지 있어 수영을 가르치기에 적합한 장소였다.

처음 며칠은 애를 먹었다. 진희가 겁을 먹고 매달렸기 때문이었다. 일주일 정도 지나자 몸이 물에 떴다. 그때부터 진희는 유지가 가르쳐주는 영법을 스펀지처럼 흡수했다. 덜 자란 개구리처럼 팔다리를 흔들던 진희는 한 주가 더 지나자 제법 모양을 갖추기 시작했다. 몇 미터도 못 가서 가라앉던 진희는 조금씩

거리를 늘려갔다. 그리고 한 달쯤 지나자 수십 미터를 왕복할 수 있게 되었다. 물에서 놀다 지치면 모래톱에서 바나나가 씹히는 샌드위치를 먹었다. 햇살은 눈이 부셨고 바람은 부드럽게 살결을 어루만졌다. 간간이 고깃배들이 하얀 항적을 남기며 지나갔다.

간식을 먹고 잠시 휴식을 취한 둘은 다시 바다에 들어갔다. 유지가 먼저 자유형, 평형, 배영, 접영을 순서대로 선보이면 진희가 그대로 따라 했다. 유지는 놀랐다. 진희가 영법을 익히는 속도가 너무 빨랐기 때문이었다. 그렇게 오후 내내 물에서 놀다가 해가 저물어갈 무렵이면 짐을 챙겨 집으로 돌아갔다. 저녁을 먹고 방으로 돌아와서 침대에 누워 있으면 진희의 하얀 발바닥이 떠올랐다. 자신의 목을 끌어안고 응석 부리는 목소리가 귓전에 아련했다. 그 천진난만한 웃음을 떠올리면 가슴에서 뭔가 뜨거운 게 치밀어 올랐다. 그것은 잠시 형상을 드러냈다가 심연으로 가라앉았다. 유지는 그 감정의 정체를 도무지 알 수 없었다. 날씨가 궂은 날을 제외하고 꾸준히 연습한 결과 진희는 다른 영법은 몰라도 자유형만은 능숙하게 구사할 수 있었다.

8월 중순, 엄마와 함께 시내에 교복을 맞추러 갔다. 그동안 유지 몰래 전학을 준비하고 있었던 모양이었다. 항구 마을에도 교복점이 있었지만, 엄마는 굳이 시내 규모가 큰 교복점에서 맞추

마윤제

길 원했다. 학교를 제대로 다녔으면 고등학교 1학년이었다. 그 동안 학교를 밥 먹듯 빼먹는 바람에 중학교 3학년부터 다시 시작해야 했다. 덕분에 진희와 같은 교복을 입게 되었다. 치마는 무릎을 살짝 덮는 체크무늬였고 재킷은 브라운이었다. 오랜만에 교복을 입어서인지 뭔가 어색했다. 하지만 엄마는 연신 예쁘다는 칭찬을 늘어놓았다. 교복점을 나온 두 사람은 근처 미용실로 갔다. 유지의 거친 머릿결을 살펴본 미용사가 한숨을 쉬었다. 두 시간 동안 미용실에서 머리를 한 뒤 이번에는 대형 문구점에 갔다. 유지는 좀처럼 필요한 학용품을 고르지 못했다. 뭐가 필요한지 알 수 없었기 때문이었다. 이를 지켜보던 엄마가 손에 잡히는 대로 집어 바스켓에 넣었다.

집으로 돌아가는 길, 택시가 방향을 바꾸었다. 택시는 바다가 내려다보이는 한 중학교 정문 앞에 멈춰 섰다. 유지는 백색 건물을 보는 순간 가슴이 두근거렸다. 방학 중인 학교는 조용했다. 엄마가 본관 앞 벤치에 앉아서 담배를 피우는 동안 유지는 건물 안으로 들어갔다. 유리창 너머의 교실은 정갈했다. 문은 잠겨 있었다. 그런데 복도 끝 교실 문이 열렸다. 잠그는 걸 깜빡 잊은 모양이었다. 유지는 창가 뒷자리에 앉았다. 운동장 너머 항구 전경이 보였다. 평화롭고 아름다운 풍경이었다. 고깃배들이 내항을 드나드는 모습을 지켜보던 유지는 시선을 돌려 얼룩한 점 없는 칠판을 바라보았다.

유지는 낯선 교실에 앉을 때마다 자신이 이방인처럼 여겨졌다. 처음 본 아이들은 코흘리개 유치원생처럼 보였고 시간마다 들어오는 선생들은 철부지 대학생 같았다. 그들을 가만히 바라보면 머릿속이 맑은 물속처럼 훤히 들여다보였다. 무엇을 생각하고 무엇을 원하는지 낱낱이 알 수 있었다. 유지는 그 아이들을 바라볼 때마다 자신이 물에 뜬 기름이라고 생각했다. 아무리 깊은 강물이고 아무리 넓은 바다라도 영원히 섞이지 않을 것 같았다. 그럴 때마다 유지는 사물을 단순하게 보려고 노력했다. 사소하고 쓸모없는 것에 의미를 부여했다. 하지만 그 아이들과 똑같이 생각하고 똑같이 세상을 바라보는지는 자신이 없었다.

"어때?"

뒤를 돌아보니 엄마가 서 있었다. 유지는 쥐를 실컷 잡아먹은 고양이처럼 살이 오른 엄마를 쳐다보며 희미하게 웃었다. 엄마는 요즘 들어 부쩍 말수가 줄었다. 그건 좋은 현상이 아니었다. 아무렇지 않은 듯 보였지만, 곧 한계에 도달할 것이다. 그날이 오면 오늘 맞춘 교복을 버리고 해변 마을을 떠나야 했다. 그리고 무거운 여행 가방을 끌고 낯선 도시의 뒷골목을 기약 없이 돌아다니게 될 것이다. 엄마가 옆자리에 앉아 교실을 돌아보며 말했다.

"좋은 학교처럼 보인다."

기대와 불안감이 교차했다. 하우스에서 화투를 들여다보는

마윤제

엄마의 표정은 생기가 넘쳤다. 그러나 일상에서는 모든 걸 귀찮아했다. 마치 100년을 산 노인처럼 한없이 무기력했다. 유지는 아무것도 할 수 없었다. 그저 엄마가 제멋대로 자신의 삶을 결정하는 걸 지켜볼 수밖에 없었다.

어느 날 엄마가 집에 들어오지 않았다. 이틀, 사흘이 지나도록 아무런 연락이 없었다. 유지는 엄마를 찾으러 밖에 나가지 않았다. 일이 생겼을 때 그렇게 하기로 엄마와 약속이 되어 있었다. 나흘째 되던 날 유지는 여행 가방 속에 숨겨둔 비상금을 꺼냈다. 한 달하고 보름이 지났을 때 엄마가 초췌한 몰골로 돌아왔다. 엄마는 아무 일 없었다는 듯 콧노래를 흥얼거리며 유지의 머리를 감겨주었다. 그 순간 유지는 엄마에게 이유를 묻는 게 아무런 의미가 없다는 사실을 깨달았다. 그저 옆에만 있어준다면 그 어떤 부당함도 견딜 수 있다고 생각했다.

다음 날부터 유지는 독서실을 다니기 시작했다. 마음이 급했다. 그러나 생각과 달리 좀처럼 집중이 되지 않았다. 책을 펼치면 눈앞이 가물가물했다. 분명 배운 내용인데도 기억이 나질 않았다. 독서실의 좁은 책상이 감옥처럼 갑갑했다. 그런 어느 날 독서실 벽에 누군가가 붙여놓은 커다란 사진을 봤다. 남태평양 이스터섬의 모아이 석상 사진이었다. 입술을 굳게 다물고 턱을 내민 석상의 이마는 좁았고 코는 높고 컸다. 낮고 오목한 눈에는 산호와 화산암이 박혀 있고 머리에는 푸카오(pukao)란 붉은

색 돌로 만든 모자를 쓰고 있었다. 어딘가를 응시하고 있는 모아이 석상을 보는 순간 유지는 꿈이 생겼다. 진희가 프로방스를 돌아다니며 그림을 그리고 싶어 한 것처럼 자신도 모아이 석상을 보기 위해 이스터섬을 찾아갈 것이었다. 유지는 교과서를 읽고 또 읽었다. 수백 번 읽어도 이해되지 않으면 통째 외웠다. 기억이 조금씩 돌아왔다. 온종일 책상에 앉아 교과서를 들여다보고 문제를 풀면 무거운 돌덩어리를 올려놓은 듯 어깨가 아팠다. 그러나 머릿속은 날아갈 듯 가벼웠다.

독서실을 나와 집으로 돌아가는 길에 모처럼 해변에 들렀다. 밤이 깊었는데도 해변에는 늦더위를 식히는 사람들이 제법 많았다. 백사장을 거닐던 유지는 진희를 발견했다. 진희가 홀로 밤바다를 헤엄치고 있었다. 남쪽 해변에서보다 많이 안정되었지만, 진희의 몸짓은 불안하고 위태로웠다. 남쪽 해안이 초원이라면 이 바다는 온갖 굶주린 짐승이 들끓는 정글이었다. 창백한 달빛을 품은 물결이 진희의 몸을 밀어냈다. 진희는 물러서지 않았다. 더 강한 힘으로 물살에 맞섰다. 몸의 중심이 무너졌다. 자칫 호흡을 놓칠 수 있었다. 유지는 수평선을 바라보았다. 똑바로 걸어가면 수평선에 닿을 것 같았다. 콘크리트처럼 단단한 바다를 응시하던 유지는 천천히 돌아섰다. 잔모래가 기분 나쁜 이물질처럼 살갗에 달라붙었다. 저 멀리 사내아이들이 백사장을 달리고 있었다. 그들은 중심축이 무너진 듯 모래 위에서 비틀거

마윤제

렸다. 폭죽이 날아올랐다. 그 어떤 형상을 만들지 못한 불꽃은 검은 바다에 추락하여 산화했다. 유지는 백사장 입구 벤치에 앉아 신발을 벗었다. 신발 안이 온통 모래였다. 진희는 남쪽 해변 끝에 도착해 있었다. 유지는 모래를 털어낸 운동화를 신었다. 산뜻한 감촉이 돌아왔다. 진희가 몸을 돌려 헤엄쳐오고 있었다. 백사장을 빠져나가는 순간 유지는 자신이 진희에게 가장 중요한 걸 가르쳐주지 않았다는 사실을 깨달았다. 바다를 유영하는 데 가장 필요한 것이었다. 그걸 익히지 못한 사람은 결코 바다를 이길 수 없었다. 책가방이 무거웠다. 이 무거움은 곧 익숙해질 것이다. 그리고 깃털처럼 가벼워질 것이다. 유지는 작은 창이 있는 자신의 방을 향해 걸어갔다.

8월 중순에 들어서자 물빛이 더 검푸르게 변했다. 바람의 끝자락이 서늘했다. 사람들이 북적거리던 해변이 눈에 띄게 한산해졌다. 횟집과 식당과 술집에서 일하는 사람들의 동작이 눈에 띄게 느려졌다. 온종일 귀청이 떨어져 나갈 듯한 음악에 맞춰 흔들리던 바이킹과 디스코팡팡이 멈추었다. 그것을 기점으로 통닭집과 통돼지 구이집과 인형 맞추기 가게가 차례로 문을 닫았다. 그들이 트럭에 짐을 싣고 하나둘 떠나자 마침내 해변 마을의 여름이 끝났다. 해수욕장이 폐장하던 날 아침, 진희의 시체가 바다에 떠올랐다.

이듬해 여름, 해변 마을 백사장에 다섯 개의 망루가 세워졌다. 유지는 선크림을 두껍게 바르고 집을 나섰다. 해변 마을 곳곳은 몰려온 피서객들로 발 디딜 틈 없이 북적거렸다. 아이들을 가득 태운 바이킹은 하늘 높이 올라갔고 디스코팡팡은 발작하듯 들썩거렸다. 유지는 사람들을 헤치고 해변으로 들어갔다. 정오의 뜨거운 햇살이 넘실거렸다. 손바닥만 한 수영복을 걸친 사람들이 개미 떼처럼 바글거렸다. 유지는 파라솔 밑에서 차가운 맥주를 마시며 닭고기를 우적우적 씹어 먹는 사람들을 지나쳤다. 수평선에 걸린 양털 구름이 한가로웠다. 바다는 잔잔했고 소금기 섞인 바람은 눅눅했다. 부드러운 파도가 사람들의 몸을 희롱하듯 어루만지고 있었다. 유지는 물놀이하는 사람들을 흘 깃 쳐다본 다음 남쪽 끝 망루를 향해 걸어갔다. 망루에 앉아 있던 남자아이가 유지를 향해 손을 흔들었다. 사투리가 심한 그 아이는 유지를 볼 때마다 실없이 웃었다. 망루에서 풀쩍 뛰어내린 남자아이가 하얀 이를 드러냈다.

"저녁에 뭐 해?"

"공부해."

남자아이가 머쓱한 표정으로 머리를 긁적거렸다. 남자아이와 교대한 유지는 망루로 올라갔다. 망루에서는 모든 것이 선명하게 보였다. 땅에서는 잘 보이지 않는 것들, 숨어 있는 것들, 모호한 것들이 일목요연하게 드러났다. 유지는 물병을 내려놓

마윤제

고 바다를 돌아보았다. 바다는 거대한 양동이에 담긴 물처럼 고요했다. 그러나 그 온유함에는 짐승의 발톱이 숨겨져 있었다. 사고는 늘 예상치 못한 곳에서 돌발적으로 일어났다. 그 사고의 전조와 징후를 포착하는 것이 라이프가드인 유지가 해야 할 일이었다. 유지는 물놀이하는 사람들의 얼굴을 한 명씩 살피기 시작했다.

한 시간쯤 지나자 눈앞이 흐릿했다. 사물의 형체가 녹아내리고 수영복 색만 물 위에 둥둥 떠 있었다. 그것은 다시 뒤섞이더니 무채색으로 변했다. 이마에서 뚝뚝 떨어진 땀방울이 망루 바닥에 닿기 무섭게 증발했다. 유지는 손에 물을 부어 눈을 적셨다. 시야가 선명해졌다. 유지는 모아이 석상을 떠올렸다. 석상은 온종일 무엇을 생각하는 걸까. 오래전 자신들의 찬란했던 영광을 반추하는 걸까. 아니면 전쟁도 약탈도 없는 평화로운 천년의 세상을 생각하는 걸까. 어쩌면 자신을 빼닮은 사람들이 나타나서 숨을 불어넣어주길 기다리고 있을지도 몰랐다. 굳은 무릎을 펴고 일어나서 다시 활보할 날을 위해 뜨거운 햇살과 거친 바람을 맞고 있었다.

사람들은 모아이 석상이 크기와 무게만 다를 뿐 생김새가 전부 같다고 했다. 하지만 유지는 그렇게 생각하지 않았다. 887개의 석상이 각기 다른 얼굴을 하고 있다고 생각했다. 세상 모든 사람의 얼굴이 다른 것처럼 석상도 그럴 거라고 믿었다. 유지는 그 가설을 증명하기 이스터섬을 찾아갈 것이었다. 그리고 모든 석상의 사진을 찍어 이름을 붙여줄 생각이었다. 그 사진을 모아 책을 만드는 게 유지의 꿈이었다. 그때 한 여자아이의 머리가 물속으로 쑥 가라앉았다.

유지는 벌떡 일어나서 숫자를 셌다. 하나, 둘, 셋. 여자아이의 머리가 물 위로 솟구쳐 올랐다. 진실일까. 거짓일까. 물놀이에 정신이 팔린 사람들은 자신이 수심이 깊은 곳으로 떠밀려간 줄 몰랐다. 발밑에 아무것도 닿지 않는다는 사실을 깨닫는 순간 공포가 그들을 집어삼켰다. 여자아이의 하얀 치아가 햇살을 받아 반짝거렸다. 긴장이 스르르 풀렸다. 의자에 앉는데 여자아이의 머리가 사라졌다. 하나, 둘, 셋. 여자아이가 떠오르지 않았다. 유지는 목에 걸린 호각을 강하게 불었다. 날카로운 파열음이 울리자 해변이 얼어붙었다. 단숨에 망루를 뛰어 내려간 유지는 바다에 뛰어들었다. 사람들이 홍해처럼 갈라졌다. 유지는 방향을 가늠한 뒤에 전속력으로 물살을 갈랐다.

흔들리는 물결 속에서 형체가 어른거렸다. 유지는 숨을 한 껏 들이마시고 잠영했다. 물빛이 탁했다. 뿌연 시야에 여자아이의 하얀 발이 어지럽게 교차하고 있었다. 뒤쪽으로 돌아가서 팔을 제압하는 순간 여자아이가 얼굴을 홱 돌렸다. 눈이 마주쳤다. 새카만 눈동자 속에 수십억 개의 은하가 소용돌이치고 있었다. 여자아이의 손이 심해어의 촉수처럼 유지를 향해 뻗어왔

마윤제

다. 손을 강하게 뿌리쳤다. 그러나 그 손은 밀어내면 밀어낼수록 무서운 악력으로 유지의 목을 휘감았다. 온몸이 쥐가 난 듯 뻣뻣했다. 맨살에 닿은 여자아이의 손이 얼음장처럼 차가웠다. 그 순간 유지는 깨달았다. 거짓은 거짓이고 진실은 진실이었다. 천 번, 만 번이라도 거짓은 그냥 거짓일 뿐이었다. 유지는 온몸의 힘을 모아 여자아이의 손을 떨쳐냈다. 그러나 그 차가운 손은 더 악착같이 목을 휘감고 끌어당겼다. 머릿속이 아득해졌다. 바다가 내려다보이는 넓은 방이 생각났다. 그리고 그 방에 있는 수많은 물건이 하나둘 떠올랐다. 그 순간 유지는 그 많은 물건과 넓은 방을 영원히 가질 수 없다는 사실을 깨달았다.

　사람이 많이 모인 곳에 갈 때마다 이런 생각이 들곤 했다. 지금 웃고 떠들고 즐거워하는 사람들 모습이 진실일까. 해변과 광장을 벗어나서 자신의 세계로 돌아간 사람들은 과연 어떤 모습일까. 사람들과 어울릴 때의 감정이 진실일까. 아니면 혼자 있을 때의 생각이 진실일까.

　우리는 학교에서 친구들을 대할 때의 얼굴, 부모님을 대할 때의 얼굴, 낯선 사람을 대할 때의 얼굴, 모임에서 보여주는 얼굴, 사랑하는 사람을 대할 때의 얼굴이 전부 다르다. 각기 상황에 맞춰 필요한 얼굴을 보여주는 것이다. 이런 이유로 일상에서 마주치는 누군가의 얼굴이 진실한지 거짓인지 선뜻 구분할 수 없다. 내가 그러하듯 상대 역시 그럴 거라고 짐작할 뿐이다. 사람은 나이가 많든 적든, 남자든 여자든 남에게 절대 보여주지 않는 얼굴이 있다. 깊은 밤 혼자 시간에 드러나는 그 얼굴에는 견딜 수 없는 슬픔과 주체할 수 없는 갈망이 오롯이 드러난다. 따라서 누군가를 온전하게 이해하기 위해선 그 얼굴을 봐야 한다. 그래야만 한 사람을 진실하게 이해할 수 있다.

마윤제

달고나, 예리!

ⓒ 탁경은 주원규 정명섭 임지형 마윤제, 2021

초판 1쇄 발행일 | 2021년 9월 15일
초판 4쇄 발행일 | 2023년 11월 5일

지은이 | 탁경은 주원규 정명섭 임지형 마윤제
펴낸이 | 사태희
편 집 | 최민혜
디자인 | 권수정
마케팅 | 장민영
제 작 | 이승욱 이대성

펴낸곳 | (주)특별한서재
출판등록 | 제2018-000085호
주 소 | 08505 서울시 금천구 가산디지털2로 101 한라원앤원타워 B동 1503호
전 화 | 02-3273-7878
팩 스 | 0505-832-0042
e-mail | specialbooks@naver.com
ISBN | 979-11-6703-029-0 (43810)